La QUINTA MONTANA

TAMBIÉN DE PAULO COELHO

El Alquimista

El Demonio y la señorita Prym

El Peregrino

Las Valkirias

A orillas del río Piedra me senté y lloré

La Quinta Montaña

Veronika decide morir

Manual del guerrero de la luz

Once minutos

El Zahir

La bruja de Portobello

Brida

El vencedor está solo

Aleph

El manuscrito encontrado en Accra

Adulterio

La espía

Hippie

El arquero

La Quinta Montana

PAULO COELHO

Traducción de Montserrat Mira

HarperCollins *Español*

Este libro es una obra de ficción. Todos los personajes, hechos e incidentes descritos en sus páginas son ficticios o se usan de modo ficticio. Cualquier similitud con sucesos, lugares o personas reales, vivas o muertas, es pura coincidencia.

Los libros de HarperCollins Español pueden ser adquiridos con fines educativos, empresariales o promocionales. Para más información, envíe un correo electrónico a SPsales@harpercollins.com.

paulocoelhoblog.com

Primera edición de HarperCollins, 1998

Primera edición de HarperCollins Español, 2022

Este libro fue publicado por primera vez en Brasil en 1996 bajo el titulo *O Monte Cinco* por Objetiva.

Traducción: Montserrat Mira

Este libro ha sido debidamente catalogado en la Biblioteca del Congreso de los Estados Unidos.

ISBN 978-0-06-093012-7

22 23 24 25 26 LSC 48

Oh, María, sin pecado concebida,
rogad por nosotros, que recurrimos a Vos. Amén.

Para A. M, un Guerrero de
la Luz, y Mauro Salles

Y prosiguió: y puedo aseguraros que ningún
profeta es bien recibido en su propia tierra.
En verdad os digo que había muchas viudas
en Israel en tiempos de Elías, cuando el
cielo se cerró por tres años y seis meses,
reinando gran hambruna en toda la tierra;
y a ninguna de ellas fue Elías enviado,
sino a una viuda de Sarepta, de Sidón.

LUCAS 4, 24-26

Nota del autor

EN MI LIBRO EL ALQUIMISTA, *la tesis central está en una frase que el rey Melquisedec dice al pastor Santiago:* «Cuando quieres alguna cosa, todo el Universo conspira para que la consigas.»

Creo absolutamente en esto. No obstante, el acto de vivir el propio destino incluye una serie de etapas que exceden en mucho a nuestra comprensión, y cuyo objetivo es siempre reconducirnos al camino de nuestra Leyenda Personal; o hacer que aprendamos las lecciones necesarias para cumplir el propio destino. Pienso que puedo ilustrar mejor lo que digo, contando un episodio de mi vida.

El día 12 de agosto de 1979 me fui a dormir con una única certeza: a los treinta años de edad estaba consiguiendo llegar a la cumbre de mi carrera como ejecutivo de una firma discográfica. Trabajaba como director artístico de la CBS del Brasil, acababa de ser convidado para ir a los Estados Unidos a hablar con los dueños de la empresa discográfica y, seguramente, ellos pensaban darme todas las posibilidades para realizar todo lo que deseaba hacer en mi área. Claro que mi gran sueño —ser un escritor— había sido dejado de lado, pero ¿qué importaba esto? Al fin y al cabo, la vida real era muy diferente de lo que yo había imaginado;

no había lugar para vivir de la literatura en el Brasil.

Aquella noche adopté una decisión, y abandoné mi sueño: era preciso adaptarme a las circunstancias y aprovechar las oportunidades. Si mi corazón protestase, yo podría engañarlo, haciendo letras de músicas siempre que deseara y, de vez en cuando, escribiendo en algún periódico. Por otro lado, estaba convencido de que mi vida había tomado un rumbo diferente, pero no por esto menos excitante: un futuro brillante me esperaba en las multinacionales de la música.

Cuando me desperté, recibí una llamada telefónica del presidente de la empresa discográfica: acababa de ser despedido, sin mayores explicaciones. Aunque llamé a varias puertas durante los dos años siguientes, nunca más conseguí un empleo en ese campo.

Al terminar de escribir La Quinta Montaña, me acordé de este episodio, así como de otras manifestaciones de lo inevitable en mi vida. Siempre que me sentía absolutamente dueño de la situación, pasaba algo que me derribaba. Yo me preguntaba: ¿por qué? ¿Estaré siempre condenado a acercarme, pero jamás cruzar la línea de llegada? ¿Será que Dios es tan cruel como para hacerme ver las palmeras en el horizonte, sólo para matarme de sed en medio del desierto?

Tardé mucho tiempo en entender que no era exactamente esto. Hay cosas que son colocadas en nuestras vidas para reconducirnos al verdadero camino de nuestra Leyenda Personal. Otras surgen para que podamos aplicar todo aquello que aprendimos. Y, finalmente, algunas llegan para enseñarnos.

En mi libro Diario de un mago procuré mostrar que estas enseñanzas no están necesariamente unidas al dolor ni al sufrimiento; bastan disciplina y atención. Aun cuando esta comprensión ha significado una importante bendición en mi vida, me quedaron sin entender algunos momentos difíciles por los que pasé, incluso con la mayor disciplina y atención.

Uno de los ejemplos es el caso antes citado; yo era un buen profesional, me esforzaba al máximo para dar lo que había de mejor en mí, y tenía ideas que hasta hoy considero buenas. Pero lo inevitable sucedió justamente en el momento en que yo me sentía más seguro y confiado. Pienso que no estoy solo en esta experiencia; lo inevitable ya rozó la vida de todo ser humano en la faz de la Tierra. Algunos se recuperaron, otros cedieron, pero todos nosotros hemos experimentado el roce de las alas de la tragedia.

¿Por qué? Para responderme esta pregunta, dejé que Elías me condujese por los días y noches de Akbar.

PAULO COELHO

PRÓLOGO

A comienzos del año 870 a. J.C., una nación conocida como Fenicia —a la que los israelitas llamaban Líbano— conmemoraba casi tres siglos de paz. Sus habitantes podían enorgullecerse de sus logros; como no eran políticamente fuertes, se vieron obligados a desarrollar una envidiable capacidad de negociación, única manera de garantizar la supervivencia en un mundo asolado por constantes guerras. Una alianza hecha alrededor del año 1000 a. J.C. con el rey Salomón de Israel había permitido la modernización de su flota mercante y su expansión comercial. Desde entonces, Fenicia no había dejado de crecer.

Sus naves ya habían llegado a lugares tan distantes como España y el océano Atlántico, y hay teorías —aún no confirmadas— de que habrían dejado inscripciones en el nordeste y sur del Brasil. Transportaban vidrio, cedro, armas, hierro y marfil. Los habitantes de las grandes ciudades, como Sidón, Tiro y Biblos, conocían los números, los cálculos astronómicos, la fabricación del vino, y usaban, desde casi doscientos años atrás, un conjunto de caracteres para escribir que los griegos conocían como *alfabeto*.

A comienzos del año 870 a. J.C., un consejo de guerra reuníase en un lugar distante, llamado Nínive. Un grupo de generales asirios había decidido enviar sus tropas para conquistar las naciones situadas a lo largo de la costa, en el mar Mediterráneo, y Fenicia fue escogida como el primer país a ser invadido.

A comienzos del año 870 a. J.C., dos hombres, escondidos en un establo de Gileade, en Israel, esperaban morir en las próximas horas.

La QUINTA MONTAÑA

Primera parte

—Serví a un Señor que ahora me abandona en las manos de mis enemigos —dijo Elías.

—Dios es Dios —respondió el levita—. Él no le dijo a Moisés si era bueno o malo. Se limitó a decir: *Yo soy.* Por lo tanto, Él es todo lo que existe bajo el sol: el rayo que destruye la casa y la mano del hombre que la reconstruye.

La conversación era la única manera de alejar el miedo; en cualquier momento, los soldados abrirían la puerta del establo donde se encontraban, los descubrirían y les ofrecerían la única elección posible: adorar a Baal —el dios fenicio— o ser ejecutados. Estaban registrando casa por casa, convirtiendo o ejecutando a los profetas.

Tal vez el levita se convirtiese, escapando así de la muerte. Pero Elías no tenía elección: todo estaba sucediendo por su culpa, y Jezabel quería su cabeza de cualquier forma.

—Fue un ángel del Señor quien me obligó a ir a hablar con el rey Ajab, y avisarlo de que no llovería mientras Baal fuese adorado en Israel —dijo, casi pidiendo perdón por haber escuchado lo que le dijo el ángel—. Pero Dios actúa lentamente; cuando se dejen sentir los efectos de la sequía, la princesa Jezabel ya habrá destruido a todos los que continuaron fieles al Señor.

El levita no dijo nada. Estaba reflexionando si debía convertirse a Baal o morir en nombre del Señor.

—¿Quién es Dios? —continuó Elías—, ¿es Él quien sostiene la espada del soldado que ejecuta a los que no traicionan la fe de nuestros patriarcas? ¿Fue Él quien colocó a una princesa extranjera en el trono de nuestro país, de forma que todas estas desgracias pudiesen suceder en nuestra generación? ¿Es Dios quien mata a los fieles, los inocentes, los que siguen la ley de Moisés?

El levita tomó la decisión: prefería morir. Entonces comenzó a reír, porque la idea de la muerte había dejado de asustarle. Se giró hacia el joven profeta que estaba a su lado, y procuró tranquilizarlo:

—Pregúntaselo directamente a Él, ya que dudas de Sus decisiones —dijo—. Yo ya acepté mi destino.

—El Señor no puede desear que seamos cruelmente masacrados —insistió Elías.

—Dios todo lo puede. En el caso de que se limitase a hacer sólo lo que llamamos Bien, no podríamos llamarlo Todopoderoso; Él dominaría apenas una parte del Universo, y existiría alguien más poderoso que Él vigilando y juzgando sus acciones. En este caso, yo adoraría a este alguien más poderoso.

—Si Él todo lo puede, ¿por qué no evita el sufrimiento de quienes lo aman? ¿Por qué no nos salva en vez de dar poder y gloria a Sus enemigos?

—No lo sé —respondió el levita—, pero tiene que existir una razón, y espero conocerla en breve.

—Entonces, ¿no tienes respuesta para esta pregunta?

—No, no tengo.

Los dos quedaron en silencio. Elías tenía un sudor frío.

—Estás aterrorizado, pero yo ya acepté mi destino —comentó el levita—. Voy a salir para acabar con esta agonía. Cada vez que oigo un grito allí fuera, sufro imaginando cómo será cuando llegue mi hora. Mientras hemos estado encerrados aquí, ya he muerto un centenar de veces, cuando podía haber muerto sólo una. Ya que voy a ser degollado, que sea lo más rápido posible.

Él tenía razón. Elías había escuchado los mismos gritos, y ya había sufrido más allá de su capacidad de resistencia.

—Me voy contigo. Estoy cansado de luchar por algunas horas más de vida.

Se levantó y abrió la puerta del establo, dejando que el sol entrase y mostrara a los dos hombres allí escondidos.

El levita lo cogió por el brazo y comenzaron a caminar. Si no hubiese sido por algún que otro grito, aquello hubiera parecido un día normal en una ciudad como cualquier otra. Un sol que no quemaba mucho y la brisa que venía del océano distante tornando la temperatura agradable, las calles polvorientas, las casas hechas de barro mezclado con paja.

—Nuestras almas están presas por el terror a la muerte, pero el día está hermoso —observó el levita—. Muchas veces, cuando yo me sentía en paz con Dios y con el mundo, la temperatura era insoportable, el viento del desierto llenaba de arena mis ojos y no me dejaba ver ni un palmo delante de mí. No siempre los planes del Señor concuerdan con el lugar donde estamos o con lo que en ese momento sentimos, pero te garantizo que Él tiene una razón para todo esto.

—Admiro tu fe.

El levita miró hacia el cielo, como si reflexionase un poco. Después se giró hacia Elías.

—Ni admires ni creas tanto: fue una apuesta que hice conmigo mismo. Aposté que Dios existe.

—Eres un profeta —contestó Elías—, también oyes voces y sabes que hay un mundo más allá de éste.

—Puede ser mi imaginación.

—Tú ya viste las señales de Dios —insistió Elías, comenzando a preocuparse con los comentarios de su compañero.

—Puede ser mi imaginación —fue de nuevo la respuesta—. En realidad, la única cosa que tengo en concreto a mi favor es mi apuesta: me dije a mí mismo que todo esto venía del Altísimo.

La calle estaba desierta. Las personas, dentro de sus casas, aguardaban a que los soldados de Ajab completasen la tarea que la princesa extranjera había exigido: ejecutar a los profetas de Israel. Elías caminaba con el levita, con la sensación de que detrás de cada una de aquellas ventanas y puertas, alguien lo observaba y lo culpaba por lo que estaba sucediendo.

«No pedí ser profeta. Tal vez todo sea también fruto de mi imaginación», reflexionaba Elías. Pero, después de lo ocurrido en la carpintería, sabía que no lo era.

Desde su infancia, oía voces y conversaba con los ángeles. Sus padres le aconsejaron consultar a un sacerdote de Israel quien, después de hacer muchas preguntas, lo identificó como un *nabí*, un profeta, un «hombre del espíritu», aquel que «se exalta con la voz de Dios».

Después de hablar durante muchas horas seguidas con él, el sacerdote dijo a sus padres que todo lo que el niño dijese tenía que ser tomado en serio.

Cuando salieron de allí, los padres exigieron a Elías que nunca más contase a nadie lo que veía o escuchaba; ser un profeta significaba tener vínculos con el gobierno, y esto era siempre peligroso.

De cualquier manera, Elías jamás había escuchado nada que pudiera interesar a los sacerdotes o a los reyes. Se limitaba a conversar con su ángel de la guarda y escuchaba consejos respecto a su propia vida; de vez en cuando tenía visiones que no conseguía comprender: océanos distantes, montañas pobladas de seres extraños, ruedas con alas y ojos... Cuando las visiones desaparecían, él, obediente a sus padres, trataba de olvidarlas lo más rápidamente posible.

A causa de esto, las voces y las visiones fueron haciéndose cada vez más raras. Sus padres quedaron contentos y no mencionaron más el asunto. Cuando llegó a tener edad para mantenerse a sí mismo, le prestaron dinero para que abriese una pequeña carpintería.

CON FRECUENCIA MIRABA con respeto a otros profetas, que caminaban por las calles de Gileade, usando mantos de piel y cintos de cuero, y decían que el Señor los había designado para guiar al pueblo elegido. Realmente, aquél no era su destino; jamás sería capaz de provocar un trance con danzas o autoflagelación, una práctica normal entre los «exaltados por la voz de Dios», porque tenía miedo del dolor. Jamás caminaría por las calles de Gileade exhibiendo orgullosamente las cicatrices de las heridas conseguidas durante los estados de éxtasis porque era demasiado tímido para esto.

Elías se consideraba una persona común, que se vestía como todas las otras, y que torturaba solamente a su alma con los mismos temores y tentaciones de los simples mortales. A medida que progresaba su trabajo en la carpintería, las voces fueron cesando por completo, porque las personas adultas y trabajadoras no tienen tiempo para eso. Sus padres estaban contentos con el hijo, y la vida transcurría en armonía y paz.

La conversación con el sacerdote cuando aún era un niño pasó a ser apenas un recuerdo remoto. Elías no podía creer que Dios Todopoderoso necesitara conversar con los hombres para hacer valer sus órdenes. Lo que sucediera en la infancia era sólo la fantasía de un muchacho que no tenía nada que hacer. En Gileade, su ciudad natal, existían algunas personas consideradas locas por sus habitantes. No conseguían decir cosas coherentes y eran incapaces de distinguir entre la voz del Señor y los delirios de la insania. Pasaban sus vidas en las calles, predicando el final del mundo y viviendo de la caridad ajena. A pesar de ello, ninguno de los sacerdotes los consideraba como «exaltados por la voz de Dios».

Elías llegó a la conclusión de que los sacerdotes jamás estaban seguros de lo que estaban diciendo. Los «exaltados de Dios» eran la consecuencia de un país que no conocía su rumbo, donde los hermanos se peleaban entre sí, y donde un nuevo gobierno surgía a cada momento. Profetas y locos no se diferenciaban.

CUANDO SE ENTERÓ del casamiento de su rey con Jezabel, la princesa de Tiro, no le dio mucha importancia. Otros reyes de Israel ya habían hecho lo mismo, y el resultado había sido una paz prolongada en la región, con un comercio cada vez más importante con el Líbano. Poco importaba a Elías que los habitantes del país vecino creyesen en dioses inexistentes, o se dedicasen a cultos extraños, tales como adorar a animales y montañas; eran honestos en los negocios, y esto era lo que más contaba.

Elías continuó comprando el cedro que traían y vendiendo los productos de su carpintería. Aunque fuesen un poco orgullosos y les gustara llamarse a sí mismos «fenicios» (por causa del color diferente de su piel), ninguno de los comerciantes del Líbano jamás había intentado sacar provecho de la confusión que reinaba en Israel. Pagaban el precio justo por las mercaderías y no formulaban ningún comentario sobre las constantes guerras internas ni los problemas políticos que los israelitas vivían enfrentando.

DESPUÉS DE SUBIR al trono, Jezabel pidió a Ajab que el culto del Señor fuese sustituido por el de los dioses del Líbano. Aquello ya había sucedido antes, por lo que Elías, aun cuando estaba indignado por la aceptación de Ajab, continuó adorando al Dios de Israel y cumpliendo las leyes de Moisés. «Ya pasará —pensaba—, Jezabel ha seducido a Ajab, pero no tendrá la fuerza suficiente para convencer al pueblo.»

Pero Jezabel no era una mujer como las otras; creía que Baal la había hecho venir al mundo para convertir a los pueblos y naciones. Con argucia y paciencia, comenzó a otorgar recompensas a todos aquellos que abandonaban al Señor y aceptaban a las nuevas divinidades. Acabó mandando erigir una casa para Baal en Samaria, y dentro construyó un altar. Las peregrinaciones comenzaron, y el culto a los dioses del Líbano se difundía por todas partes.

«Ya pasará. Tal vez demore una generación, pero pasará», continuaba pensando Elías.

ENTONCES SUCEDIÓ LO INESPERADO. CIERTA tarde, cuando terminaba de hacer una mesa en su carpintería, todo su entorno se oscureció, y millares de puntos blancos comenzaron a centellear a su alrededor. Su cabeza empezó a dolerle como nunca; quiso sentarse, pero notó que no conseguía mover un solo músculo.

No era fruto de su imaginación. «Estoy muerto —pensó en ese instante—. Y ahora descubro para dónde nos manda Dios después de la muerte: hacia el medio del firmamento».

Una de las luces brilló con más intensidad y, de repente, como venida de todos los lugares al mismo tiempo,

> Vínole la palabra del Señor, diciendo:
>
> «Dile a Ajab que, tan cierto como vive el Señor, Dios de Israel, ante cuya presencia estás, ni rocío ni lluvia habrá en estos años, según mi palabra».

Al momento siguiente, todo volvió a ser normal; la carpintería, la luz del atardecer, las voces de los niños jugando en la calle.

ELÍAS NO HABÍA dormido aquella noche. Por primera vez en muchos años, las sensaciones de su infancia habían vuelto; y no era su ángel de la guarda quien estaba hablando, sino «algo» más poderoso y más fuerte que él. Tuvo miedo de que, si no cumplía la orden, todos sus negocios pudiesen ser malditos.

A la mañana siguiente, resolvió hacer lo que le había sido pedido. A fin de cuentas, era apenas el mensajero de algo que no le incumbía; una vez cumplida la tarea, las voces no volverían a molestarlo.

NO FUE DIFÍCIL conseguir una audiencia con el rey Ajab. Muchas generaciones atrás, con la subida del rey Samuel al trono, los profetas habían adquirido importancia en los negocios y en el gobierno de su país. Podían casarse y tener hijos, pero debían estar siempre a disposición del Señor, para que los gobernantes jamás se alejaran del camino correcto. La tradición decía que, gracias a estos «exaltados por Dios» se habían ganado muchas batallas, e Israel sobrevivía porque sus gobernantes, cuando se alejaban del camino correcto, tenían siempre un profeta cerca para hacerlos retornar a la senda del Señor.

No bien llegó, avisó al rey que una sequía asolaría la región hasta que el culto de los dioses fenicios fuera abandonado.

El soberano no dio mucha importancia a sus palabras mas Jezabel, que estaba al lado de Ajab y escuchaba atentamente lo que Elías decía, comenzó a hacer una serie de preguntas respecto al mensaje. Elías le contó todo sobre su visión, el dolor de cabeza, la sensación de que el tiempo se había detenido mientras escuchaba al ángel. Mientras describía lo acontecido, pudo mirar de cerca a la princesa sobre la cual todos hablaban; era una de las mujeres más bellas que hubiera visto, con sus largos cabellos negros descendiendo hasta la cintura de un cuerpo perfectamente torneado. Sus ojos verdes, que brillaban en el rostro moreno, se mantenían fijos en los ojos de Elías; él no conseguía descifrar lo que querían decir, y no podía saber el impacto que sus palabras estaban causando.

Salió de allí convencido de que había cumplido su misión y podía volver al trabajo en la carpintería. Durante el camino de regreso, deseó a Jezabel con todo el ardor de sus veintitrés años. Y pidió a Dios que, en el futuro, pudiese encontrar una mujer del Líbano, porque eran bellas, con la piel oscura y los ojos verdes llenos de misterio.

TRABAJÓ DURANTE EL RESTO DEL día, y durmió en paz. Al día siguiente, el levita lo despertó antes de la aurora con la noticia; Jezabel había convencido al rey de que los profetas eran una amenaza para el crecimiento y expansión de Israel. Los soldados de Ajab tenían órdenes de ejecutar a todos aquellos que rehusaran abandonar la tarea sagrada que Dios les había conferido. A Elías, no obstante, no le habían dado el derecho a elegir; él debía morir.

Él y el levita pasaron dos días escondidos en el establo al sur de Gileade, durante los cuales cuatrocientos cincuenta *nabí* fueron ejecutados. Entretanto, la mayor parte de los profetas que andaban por las calles autoflagelándose y predicando el final del mundo por causa de la corrupción y de la falta de fe, había aceptado convertirse a la nueva religión.

UN RUIDO SECO, seguido de un grito, interrumpió los pensamientos de Elías. Alarmado, se giró hacia su compañero:

—¿Qué es eso?

Pero no obtuvo respuesta; el cuerpo del levita se desplomó en el suelo, con una flecha atravesada en el centro del pecho.

Delante de él, un soldado volvía a colocar una nueva flecha en su arco. Elías miró a su alrededor: la calle con puertas y ventanas cerradas, el sol brillando en el cielo, la brisa que venía de un océano del que tanto había oído hablar, pero jamás había conocido. Pensó en correr, pero sabía que sería alcanzado antes de llegar a la próxima esquina.

«Si tengo que morir, que no sea de espaldas», pensó.

El soldado levantó de nuevo el arco. Para su sorpresa, no sentía miedo, ni instinto de conservación, ni nada; era como si todo aquello ya estuviese definido desde mucho tiempo atrás, y los dos —tanto él como el soldado— cumpliesen papeles en un drama que no había sido escrito por ellos. Se acordó de la infancia, de las mañanas y las tardes en Gileade, de los trabajos incompletos que iba a dejar en la carpintería. Pensó en su madre y su padre, que nunca desearon un hijo profeta. Pensó en los ojos de Jezabel y en la sonrisa del rey Ajab.

Pensó qué estúpido era morir con sólo veintitrés años, sin haber conocido nunca el amor de una mujer.

La mano soltó la cuerda, la flecha cortó el aire, pasó zumbando junto a su oído derecho y quedó tendida en el suelo polvoriento, detrás de él.

El soldado, nuevamente, armó su arco y le apuntó. Sólo que, en vez de disparar, miraba fijamente a Elías.

—Soy el mejor de los arqueros de todos los ejércitos de Ajab —dijo—. Hace siete años que no yerro un solo tiro.

Elías se giró hacia el cuerpo del levita.

—Esta flecha era para ti.

El soldado mantenía el arco tensado, y sus manos temblaban. Elías era el único profeta que tenía que morir; los otros podían escoger la fe en Baal.

—Entonces, termina tu trabajo.

Estaba sorprendido por su propia tranquilidad. Había imaginado la muerte tantas veces mientras estaba en el establo, y ahora veía que había sufrido más de lo necesario; en pocos segundos, todo habría terminado.

—No puedo —dijo el soldado con las manos aún temblando y el arco cambiando a cada momento de dirección—. Vete, sal de mi presencia, porque pienso que Dios desvió mis flechas, y me maldeciría si yo consiguiera matarte.

Fue entonces que, a medida que descubría que tenía oportunidad de sobrevivir, el pavor de la muerte comenzó a volver. Aún existía la posibilidad de conocer el océano, encontrar una mujer, tener hijos y terminar sus trabajos en la carpintería.

—Acaba con esto ya —dijo—. En este momento estoy tranquilo. Si tardas mucho, sufriré por todo lo que estaré perdiendo.

El soldado miró a su alrededor, para asegurarse de que nadie había presenciado la escena. Después bajó el arco, colocó la flecha en el bolso y desapareció por la esquina.

Elías sintió que las piernas comenzaban a flaquear; el terror volvía con toda su intensidad. Tenía que huir inmediatamente, desaparecer de Gileade, nunca más tener que estar frente a frente con un soldado con el arco tensado apuntando a su corazón. No había escogido su destino, ni había ido a buscar a Ajab para poder vanagloriarse con sus vecinos de que conversaba con el rey. No era responsable de la masacre de los profetas; no era ni siquiera responsable por haber visto cierta tarde deternerse el tiempo en la carpintería y transformarse en un agujero negro, lleno de puntos luminosos.

Repitiendo el gesto del soldado, miró a todos lados; la calle estaba desierta. Pensó en comprobar si aún podía salvar la vida del levita, pero pronto volvió el terror y, antes de que alguien apareciese, Elías huyó.

CAMINÓ DURANTE MUCHAS HORAS, INTERNÁNDOSE por senderos abandonados desde mucho tiempo atrás, hasta llegar a las márgenes de un riachuelo llamado Querite. Sentía vergüenza de su cobardía, pero se alegraba de estar vivo.

Bebió un poco de agua, se sentó, y sólo entonces percibió la situación en que se encontraba: al día siguiente precisaría alimentarse y no tendría cómo encontrar comida en el desierto.

Se acordó de la carpintería, del trabajo de tantos años y que ahora estaba obligado a abandonar. Algunos vecinos eran amigos suyos, pero no podía contar con ellos; la historia de su fuga ya se habría difundido por la ciudad, y todos le odiarían por haber escapado, mientras enviaba a los verdaderos hombres de fe al martirio.

Todo lo que había hecho hasta entonces estaba perdido, sólo porque había creído cumplir la voluntad del Señor. Mañana —y en los próximos días, semanas y meses— los comerciantes del Líbano seguirían golpeando a su puerta, y alguien les diría que el dueño había huido, dejando tras de sí un rastro de muertes de profetas inocentes. Quizás dijesen también que él había intentado destruir a los dioses que protegían la tierra y los cielos; la historia pronto cruzaría las fronteras de Israel, y ya podía renunciar para siempre al casamiento con una mujer tan bella como las que vivían en el Líbano.

«Existen los barcos.»

Sí, existían los barcos. Los criminales, los prisioneros de guerra, los fugitivos, solían ser aceptados como marineros, porque era una profesión más peligrosa que el ejército. En la guerra, un soldado siempre tenía alguna oportunidad de escapar con vida; pero los mares eran desconocidos, estaban poblados de monstruos y, cuando una tragedia ocurría, no quedaba nadie para contar la historia.

Existían los barcos, pero eran controlados por los comerciantes fenicios. Elías no era un criminal, ni un prisionero, ni un fugitivo, pero había osado levantar su voz en contra del dios Baal. Cuando lo descubrieran, lo matarían y lo tirarían al mar, porque los marineros creían que Baal y sus dioses controlaban las tempestades.

No podía ir, pues, en dirección al océano. No podía seguir para el norte, pues allí estaba el Líbano. No podía ir hacia el oriente, donde algunas tribus israelitas mantenían guerras que ya duraban dos generaciones.

SE ACORDÓ DE la tranquilidad que había sentido delante del soldado; al fin y al cabo, ¿qué era la muerte? La muerte era un instante, nada más que esto. Aunque sintiese dolor, pasaría en seguida, y entonces el Señor de los Ejércitos lo recibiría en su seno.

Se acostó en el suelo y se quedó mucho tiempo mirando al cielo. Como el levita, procuró hacer su apuesta. No era una apuesta en la existencia de Dios —porque no tenía dudas sobre eso—, sino sobre la razón de su vida.

Vio las montañas, la tierra que sería asolada por una larga sequía —así se lo había dicho el ángel del Señor— pero que aún conservaba la frescura de muchos años de lluvias generosas. Vio el riachuelo Querite, cuyas aguas en breve dejarían de correr. Se despidió del mundo con fervor y respeto, y pidió al Señor que lo acogiese cuando llegase su hora.

Pensó en cuál era el motivo de su existencia, y no obtuvo respuesta.

Pensó hacia dónde debía ir, y descubrió que estaba cercado.

Al día siguiente volvería y se entregaría, a pesar de que el miedo a la muerte hubiese retornado.

Intentó alegrarse por saber que aún continuaría vivo algunas horas. Pero fue inútil; había acabado de descubrir que, en casi todos los días de su vida, el hombre no tiene el poder de tomar decisiones.

Elías se despertó al día siguiente, y contempló nuevamente el Querite. Mañana, o dentro de un año, sería apenas un camino de arena fina y piedras redondas. Los antiguos habitantes continuarían refiriéndose al lugar como Querite, y tal vez indicasen la dirección a quien pasaba, diciendo: «tal lugar queda a orillas del río que pasa por aquí cerca». Los viajeros irían hasta allí, verían las piedras redondas y la arena fina y se dirían: «aquí, en esta tierra, hubo un río». Pero la única cosa importante para un río, su caudal de agua, ya no estaría allí para matar la sed.

También las almas —como los ríos y las plantas— necesitaban un tipo diferente de lluvia: esperanza, fe, razón de vivir. Cuando esto no sucedía, todo en aquella alma moría, aun cuando el cuerpo continuase vivo; y las personas podían decir que «aquí, en este cuerpo, hubo un hombre».

Pero no era el momento de estar pensando en esto. Nuevamente recordó la conversación con el levita, poco antes de que salieran del establo: ¿para qué estar muriendo tantas muertes, si bastaba apenas una? Todo lo que tenía que hacer era quedarse esperando a los guardias de Jezabel. Ellos llegarían, sin duda alguna, pues no había muchos lugares para escapar de Gileade; los malhechores siempre iban al desierto —donde eran encontrados muertos en cuestión de días— o al Querite, donde terminaban siendo capturados.

Por consiguiente, en breve los guardias estarían allí. Y él se alegraría al verlos.

Bebió un poco del agua cristalina que corría a su lado. Lavó su rostro y buscó una sombra donde pudiese esperar a sus perseguidores. Un hombre no puede luchar contra su destino: él ya lo intentó, y había perdido. A pesar de haber sido reconocido por los sacedotes como un profeta, resolvió trabajar en una carpintería; pero el Señor lo había reconducido a su camino.

No ha bía sido el único en intentar abandonar la vida que Dios había escrito para cada persona en la Tierra. Tuvo un amigo con una excelente voz, a pesar de lo cual sus padres no aceptaron que se hiciera cantante, porque era una profesión que consideraban deshonrosa para la familia. Una de sus amigas de infancia bailaba como nadie, y su familia le prohibió hacerlo, pues podía ser llamada por el rey, y nadie sabía cuánto tiempo podía durar un gobierno. Además, el ambiente del palacio era considerado pecaminoso, hostil, y alejaba para siempre la posibilidad de un buen casamiento.

«El hombre nació para traicionar a su destino.»

Dios colocaba en los corazones tareas imposibles.

«¿Por qué?».

Quizás porque era necesario mantener la tradición.

Pero esto no era una buena respuesta.

«Los habitantes del Líbano son más avanzados que nosotros porque no se limitaron a seguir la tradición de los navegantes. Cuando todo el mundo usaba siempre el mismo tipo de barco, ellos resolvieron construir algo diferente. Muchos perdieron su vida en el mar, pero sus barcos fueron gradualmente perfeccionándose, y ahora dominan el comercio del mundo. Pagaron un precio alto para adaptarse, pero valió la pena».

Quizás el hombre traicionase a su destino porque Dios ya no estaba cerca. Él había colocado en los corazones los sueños de una época en la que todo era posible, y después se fue a ocuparse de asuntos nuevos. El mundo se transformó, la vida se hizo más difícil, pero el Señor nunca retornó para cambiar los sueños de los hombres.

Dios estaba distante. Pero si aún enviaba a los ángeles para hablar con sus profetas, es porque aún quedaba algo por hacer aquí. Entonces, ¿cuál sería la respuesta?

«Quizás porque nuestros padres se equivocaron y tengan miedo de que cometamos los mismos errores. O quizás nunca se equivocaron y, por lo tanto, no sabrán cómo ayudarnos cuando tengamos algún problema.»

Sentía que se estaba acercando.

El riachuelo corría a su lado, algunos cuervos revoloteaban en el cielo y las plantas insistían en vivir en el terreno arenoso y estéril. Si hubieran escuchado a sus antepasados ¿qué habrían oído?

«Riachuelo, busca un lugar mejor para hacer que tus aguas límpidas reflejen la claridad del sol, ya que el desierto terminará por secarte», diría un dios de las aguas, en el caso de que existiese. «Cuervos, hay más alimentos en los bosques que entre las rocas y la arena», diría el dios de los pájaros. «Plantas, echad vuestras semillas lejos de aquí, porque el mundo está lleno de tierra fértil y húmeda y vosotras creceréis más bellas», habría dicho el dios de las flores.

Pero tanto el Querite como las plantas, como los cuervos, uno de los cuales se había posado cerca, tenían el coraje de hacer lo que otros ríos, pájaros y flores juzgaban imposible.

Elías clavó su mirada en el cuervo.

—Estoy aprendiendo —le dijo al pájaro—, aunque sea un aprendizaje inútil, porque estoy condenado a morir.

—Has descubierto lo fácil que es todo —pareció responder el cuervo—. Basta tener coraje.

Elías se rió, porque estaba colocando palabras en la boca de un pájaro. Era un juego divertido, que había aprendido con una mujer que hacía pan, y resolvió continuar. Haría las preguntas y se daría a sí mismo una respuesta, como si fuese un verdadero sabio.

El cuervo, no obstante, levantó el vuelo. Elías continuó aguardando la llegada de los soldados de Jezabel, porque bastaba morir una vez.

El día pasó sin que nada nuevo sucediera. ¿Habrían olvidado que el principal enemigo del dios Baal todavía estaba vivo? ¿Por qué Jezabel no le perseguía, si debía de saber dónde estaba?

«Porque vi sus ojos, y es una mujer sabia —se dijo a sí mismo—. Si yo muriera me transformaría en un mártir del Señor. Si yo soy considerado sólo un fugitivo, seré apenas un cobarde que no creía en lo que estaba diciendo.»

Sí, seguramente ésta era la estrategia de la princesa.

Poco antes de caer la noche, un cuervo —¿sería el mismo?— volvió a posarse en la rama donde lo viera aquella mañana. Traía en su pico un pequeño pedazo de carne que, inadvertidamente, dejó caer.

Para Elías fue un milagro. Corrió hasta debajo del árbol, recogió el pedazo y lo comió. No sabía de dónde procedía, ni le interesaba; lo importante era matar un poco su hambre.

A pesar del movimiento brusco, el cuervo no se apartó.

«Este pájaro sabe que me moriré de hambre aquí —pensó Elías—. Alimenta su caza para poder tener un banquete mejor.»

Jezabel también alimentaba la fe en Baal con la historia de la fuga de Elías.

Durante algún tiempo quedaron —hombre y pájaro— contemplándose mutuamente. Elías se acordó del juego que había inventado esa mañana.

—Me gustaría hablar contigo, cuervo. Esta mañana pensaba que las almas necesitan alimento. Si mi alma no murió de hambre, aún tiene algo que decir.

El ave continuaba inmóvil.

—Y, si tiene algo que decir, debo escucharla. Porque no tengo a nadie más con quien hablar —continuó Elías.

Entonces, usando su imaginación, se transformó en el cuervo:

—¿Qué es lo que Dios espera de ti? —se preguntó a sí mismo, como si fuese el cuervo.

—Espera que yo sea un profeta.

—Fue esto lo que los sacerdotes dijeron; pero tal vez no sea esto lo que el Señor desee.

—Sí, es esto lo que Él quiere, pues un ángel apareció en la carpintería y me pidió que hablase con Ajab. Las voces que yo oía en la infancia...

—... que todo el mundo oye en la infancia —interrumpió el cuervo.

—Pero no todo el mundo ve a un ángel —dijo Elías.

Esta vez, el cuervo no respondió nada. Después de algún tiempo el ave —o mejor dicho, su propia alma, que deliraba con el sol y la soledad del desierto— quebró el silencio.

—¿Te acuerdas de la mujer que hacía pan?— se preguntó a sí mismo.

Elías se acordaba. Ella había ido a pedirle que le hiciera algunas bandejas. Mientras Elías las hacía, la oyó decir que su trabajo era la manera de expresar la presencia de Dios.

—Por la manera en que haces estas bandejas, veo que tienes

la misma sensación —había proseguido ella—. Porque sonríes mientras trabajas.

La mujer dividía a los seres humanos en dos grupos: los que se alegraban y los que se quejaban de lo que hacían. Estos últimos afirmaban que la maldición lanzada por Dios a Adán era la única verdad: *«maldita es la tierra por tu causa. Con fatiga obtendrás el sustento durante todos los días de tu vida»*. No encontraban placer en el trabajo, pero les fastidiaban los días santos, cuando estaban obligados a descansar. Usaban las palabras del Señor como una disculpa para sus vidas inútiles, y se olvidaban de que Él también había dicho a Moisés: *«El Señor tu Dios te bendecirá abundantemente en la tierra que te di en herencia para poseerla.»*

—SÍ, ME ACUERDO de esta mujer. Ella tenía razón; a mí me gustaba el trabajo en la carpintería. —Cada mesa que montaba, cada silla que tallaba, le permitían entender y amar la vida, aun cuando sólo ahora comprendiese eso—. Ella me dijo que conversara con las cosas que hacía, y me quedaría asombrado al ver que las cosas eran capaces de responderme, porque yo ponía allí lo mejor de mi alma, y recibía en cambio la sabiduría.

—Si no hubieses trabajado como carpintero tampoco habrías sido capaz de colocar a tu alma fuera de ti mismo, fingir que eres un cuervo que habla y entender que eres mejor y más sabio de lo que pensabas —fue la respuesta—. Porque fue en la carpintería donde descubriste que lo sagrado está en todas partes.

—Siempre me gustó simular que hablaba con las mesas y las sillas que construía; ¿no era esto suficiente? La mujer tenía razón: cuando conversaba con ellas acostumbraba descubrir pensamientos que nunca me habían pasado por la cabeza. Pero cuando estaba empezando a entender que podía servir a Dios de esta manera, apareció el ángel y... bien, ya conoces el resto de la historia.

—El ángel apareció porque tú estabas preparado —respondió el cuervo.

—Yo era un buen carpintero.

—Era parte de tu aprendizaje. Cuando un hombre camina en dirección a su destino, se ve forzado muchas veces a cambiar de rumbo. Otras veces, las circunstancias externas son más fuertes, y se ve obligado a acobardarse y ceder. Todo esto forma parte del aprendizaje.

Elías escuchaba con atención lo que su alma decía.

—Pero nadie puede perder de vista lo que quiere. Aunque en algunos momentos piense que el mundo y los demás son más fuertes. El secreto es éste: no desistir.

—Nunca pensé ser profeta —dijo Elías.

—Sí pensaste. Pero te convencieron de que era imposible. O peligroso. O impensable.

Elías se levantó.

—¿Por qué me digo a mí mismo cosas que no quiero oír? —gritó.

Asustado con el movimiento, el pájaro huyó.

El cuervo volvió a la mañana siguiente. En vez de repetir la conversación, Elías se dedicó a observarlo, pues el animal siempre conseguía alimentarse, y siempre le traía algunos restos.

Una misteriosa amistad fue creciendo entre los dos, y Elías empezó a aprender del pájaro. Observándolo, vio cómo era capaz de encontrar comida en el desierto, y descubrió que él podría sobrevivir algunos días más si consiguiera hacer lo mismo. Cuando el vuelo del cuervo se hacía circular, Elías sabía que había una presa cercana; corría hacia aquel lugar e intentaba capturarla. Al principio, muchos de los pequeños animales que allí vivían conseguían escapar, pero poco a poco adquirió entrenamiento y habilidad para capturarlos. Usaba ramas como lanzas, cavaba trampas que disfrazaba con una fina capa de ramitas y arena. Cuando la presa caía, Elías dividía su alimento con el cuervo, y guardaba una parte para ocuparla como cebo.

Pero la soledad en que se encontraba era terrible y opresora, de modo que resolvió volver a fingir que conversaba con el pájaro.

—¿Quién eres tú? —preguntó el cuervo.

—Soy un hombre que descubrió la paz —respondió Elías—. Puedo vivir en el desierto, cuidar de mí mismo y contemplar la infinita belleza de la creación de Dios. He descubierto que mi alma es mejor de lo que pensaba.

Los dos continuaron cazando juntos durante otra luna. Entonces, una noche que su alma estaba poseída por la tristeza, resolvió preguntarse nuevamente:

—¿Quién eres tú?

—No sé.

Otra luna murió y renació en el cielo. Elías sentía que su cuerpo estaba más fuerte y su mente más clara. Esa noche se dirigió al cuervo, que estaba posado en la misma rama de siempre, y respondió a la pregunta que hiciera algún tiempo atrás:

—Soy un profeta. Vi un ángel mientras trabajaba, y no puedo tener dudas de que soy capaz, aunque todos los hombres del mundo digan lo contrario. Provoqué una masacre en mi país porque desafié a la bienamada de mi rey. Estoy en el desierto, como estuve antes en una carpintería, porque mi propia alma me dijo que un hombre debe pasar por diversas etapas antes de poder cumplir su destino.

—Sí, ahora ya sabes quién eres —comentó el cuervo.

Aquella noche, cuando Elías volvió de la caza, quiso beber un poco de agua y vio que el Querite se había secado. Pero estaba tan cansado que decidió dormir.

En su sueño, el ángel de la guarda —que no venía desde hacía tiempo— apareció.

—El ángel del Señor habló con tu alma —dijo el ángel de la guarda—. Y ordenó:

> Retírate de aquí, ve hacia el oriente y escóndete junto al torrente del Querite, en la frontera del Jordán. Beberás del torrente; y ordené a los cuervos que allí mismo te sustenten.

—Mi alma te ha escuchado —dijo Elías en el sueño.

—Entonces despierta, porque el ángel del Señor me pide que me aleje y quiere hablar contigo.

Elías se levantó de un salto, asustado. ¿Qué había pasado? Aunque era de noche, el lugar se llenó de luz, y el ángel del Señor apareció.

—¿Qué te trajo aquí? —preguntó el ángel.

—Tú me trajiste aquí.

—No. Jezabel y sus soldados te hicieron escapar. Nunca lo olvides, porque tu misión es vengar al Señor tu Dios.

—Soy un profeta, porque tú estás en mi presencia y escucho tu voz —dijo Elías—. Cambié varias veces de rumbo, porque todos los hombres lo hacen. Pero estoy listo para ir a Samaria y destruir a Jezabel.

—Encontraste tu camino, pero no puedes destruir sin aprender a reconstruir. Yo te ordeno:

> Levántate y ve a Sarepta, que pertenece a Sidón, y quédate allí, donde ordené a una mujer viuda que te mantenga.

A la mañana siguiente, Elías buscó al cuervo para despedirse. El pájaro, por primera vez desde que llegara a las márgenes del Querite, no apareció.

ELÍAS VIAJÓ DURANTE días hasta llegar al valle donde quedaba la ciudad de Sarepta, que sus habitantes conocían como Akbar. Cuando estaba ya casi sin fuerzas, vio a una mujer vestida de negro que recogía leña. La vegetación del valle era rastrera, de modo que ella tenía que contentarse con pequeñas ramitas secas.

—¿Quién eres? —preguntó.

La mujer miró al extranjero sin entender bien lo que le decía.

—Tráeme una vasija de agua para beber —dijo Elías—. Tráeme también un poco de pan.

La mujer dejó la leña a un lado, pero continuó sin decir nada.

—No tengas miedo —insistió Elías—. Estoy solo, con hambre y sed, y no tengo siquiera fuerzas para amenazar a nadie.

—Tú no eres de aquí —dijo ella finalmente—. Por la manera de hablar debes de ser del reino de Israel. Si me conocieras mejor, sabrías que nada tengo.

—Tú eres viuda, así me lo dijo el Señor. Y yo tengo menos que tú. Si no me das ahora de comer y de beber, moriré.

La mujer se asustó. ¿Cómo aquel extranjero podía saber algo de su vida?

—Un hombre debe avergonzarse de pedir sustento a una mujer —dijo, recuperándose.

—Haz lo que te pido, por favor —insistió Elías, sabiendo que sus fuerzas comenzaban a faltarle—. En cuanto mejore, trabajaré para ti.

La mujer se rió:

—Hace un momento dijiste una verdad: soy una viuda, que perdió a su marido en uno de los barcos de mi país. Jamás vi el océano, pero sé cómo es el desierto: mata a quien lo desafía... —y continuó— ...y ahora, me dices algo falso. Tan cierto como que Baal vive en la Quinta Montaña, es que yo no tengo nada cocido; sólo tengo un puñado de harina en una olla y un poco de aceite en una botija.

Elías sintió que el horizonte giraba y comprendió que se iba a desmayar. Reuniendo la poca energía que aún le quedaba, imploró por última vez:

—No sé si crees en los sueños, ni siquiera sé si yo creo. Sin embargo, el Señor me dijo que yo llegaría hasta aquí y te encontraría. Él ya me ha hecho cosas que me han llevado a dudar de Su sabiduría, pero jamás de Su existencia. Y así el Dios de Israel me pidió que yo dijese a la mujer que encontraría en Sarepta:

> ... la harina de tu olla no se acabará y el aceite de tu botija no faltará, hasta el día que el Señor haga llover otra vez sobre la tierra

Sin explicar cómo tal milagro podría acontecer, Elías se desmayó.

La mujer se quedó contemplando al hombre caído a sus pies. Sabía que el Dios de Israel era apenas una superstición; los dioses fenicios eran más poderosos y habían transformado a su país en una de las naciones más respetadas del mundo. Pero estaba contenta; generalmente vivía pidiendo limosnas a los otros y hoy —por primera vez en mucho tiempo— un hombre la necesitaba. Esto hizo que se sintiera más fuerte; a fin de cuentas, existían personas en peor situación.

«Si alguien me pide un favor, es porque aún tengo algún valor en esta tierra —reflexionó—. Haré lo que me está pidiendo, sólo para aliviar su sufrimiento. Yo también conocí el hambre, y sé cómo destruye el alma.»

Fue hasta su casa y volvió con un pedazo de pan y una vasija de agua. Se arrodilló, colocó la cabeza del extranjero en su regazo y comenzó a mojar sus labios. Minutos después, él había recuperado el sentido.

Ella le ofreció el pan y Elías lo comió en silencio, mirando el valle, los desfiladeros, las montañas que apuntaban silenciosamente hacia el cielo. Dominando el paisaje por el valle, Elías podía ver las murallas rojizas de la ciudad de Sarepta.

—Hospédame contigo, porque soy perseguido en mi país —dijo Elías.

—¿Qué crimen cometiste? —preguntó ella.

—Soy un profeta del Señor. Jezabel mandó matar a todos los que rehusaran adorar a los dioses fenicios.

—¿Qué edad tienes?

—Veintitrés años —respondió Elías.

Ella contempló con piedad al joven. Tenía los cabellos largos y sucios; llevaba una barba aún rala, como si desease parecer mayor. ¿Cómo un pobre desgraciado como aquél podía desafiar a la princesa más poderosa del mundo?

—Si eres enemigo de Jezabel, también eres mi enemigo. Ella es una princesa de Sidón, cuya misión, al casarse con tu rey, fue convertir a tu pueblo a la verdadera fe, así dicen los que la conocieron.

Y prosiguió señalando a uno de los picos que enmarcaban el valle:

—Nuestros dioses habitan en lo alto de la Quinta Montaña desde hace muchas generaciones, y consiguen mantener la paz en nuestro país. Israel, en cambio, vive en la guerra y el sufrimiento. ¿Cómo podéis seguir creyendo en el Dios Único? Dadle tiempo a Jezabel para realizar su trabajo y veréis que la paz reinará también en vuestras ciudades.

—Yo ya escuché la voz del Señor —respondió Elías—. Vosotros, en cambio, nunca subisteis a la cima de la Quinta Montaña para saber qué existe allí.

—Quien suba allí morirá abrasado por el fuego de los cielos. A los dioses no les gustan los extraños.

La mujer cesó de hablar. Se acordó de que aquella noche había soñado con una luz muy fuerte. Del centro de aquella luz salía una voz diciendo «recibe al extranjero que te busque».

—Hospédame contigo porque no tengo dónde dormir —insistió Elías.

—Ya te dije que soy pobre. Apenas me llega para mí misma y mi hijo.

—El Señor pidió que me dejaras quedar. Él nunca abandona a quien ama. Haz lo que te pido. Yo seré tu empleado. Soy carpintero, sé trabajar el cedro, y no me faltará quehacer. Así, el Señor usará mis manos para mantener Su promesa: *«la harina de tu olla no se acabará y el aceite de tu botija no faltará hasta el día en que el Señor haga llover otra vez sobre la tierra».*

—Aunque quisiera, no tendría con qué pagarte.

—No es necesario. El Señor proveerá.

Confusa por el sueño de aquella noche, y a pesar de saber que el extranjero era enemigo de una princesa de Sidón, la mujer decidió obedecer.

La presencia de Elías fue pronto notada por los vecinos. Empezaron los comentarios: la viuda había dado cobijo a un extranjero en su casa sin respetar la memoria de su marido, un héroe que había muerto mientras procuraba ampliar las rutas comerciales de su país.

Cuando se enteró de las murmuraciones, la viuda explicó que se trataba de un profeta israelita, muerto de hambre y de sed. Y corrió la noticia de que un profeta israelita, huyendo de Jezabel, estaba escondido en la ciudad. Una comisión fue a buscar al sacerdote.

—¡Traed el extranjero a mi presencia! —ordenó.

Y así se hizo. Aquella tarde, Elías fue conducido ante el hombre que, junto con el gobernador y el jefe militar, controlaba todo lo que sucedía en Akbar.

—¿Qué has venido a hacer aquí? —preguntó—. ¿No te das cuenta de que eres enemigo de nuestro país?

—Durante años negocié con el Líbano, y respeto a su pueblo y sus costumbres. Estoy aquí porque soy perseguido en Israel.

—Conozco la razón —dijo el sacerdote—. ¿Fue una mujer quien te hizo huir?

—Esa mujer es la criatura más bella que conocí en mi vida, aunque haya estado apenas unos minutos ante ella. Pero su corazón es de piedra y detrás de sus ojos verdes se esconde el enemigo que quiere destruir a mi país. No he huido; sólo espero el momento adecuado para volver.

El sacerdote rió:

—Si esperas el momento adecuado para volver, entonces prepárate para quedarte en Akbar el resto de tu vida. No estamos en guerra con tu país; todo lo que deseamos es que la verdadera fe se difunda, por medios pacíficos, a través de todo el mundo. No queremos repetir las atrocidades que vosotros cometisteis cuando os instalasteis en Canaán.

—¿Asesinar a los profetas es un medio pacífico?

—Cortándole la cabeza al monstruo, deja de existir. Morirán unos cuantos, pero las guerras religiosas serán erradicadas para siempre. Y, según me contaron los comerciantes, fue un profeta llamado Elías quien empezó todo esto, y después huyó.

El sacerdote lo miró fijamente antes de continuar:

—Un hombre que se parecía a ti:

—Soy yo —respondió Elías.

—Muy bien, bien venido a la ciudad de Akbar; cuando necesitemos alguna cosa de Jezabel, pagaremos con tu cabeza, la moneda más importante que tenemos. Hasta entonces, busca un trabajo y aprende a mantenerte por ti mismo, porque aquí no hay sitio para profetas.

Elías se preparaba para salir, cuando el sacerdote dijo:

—Parece que una joven de Sidón es más poderosa que tu Dios Único. Ella consiguió erigir un altar para Baal, y los antiguos sacerdotes ahora se arrodillan ante él.

—Todo sucederá como fue escrito por el Señor —respondió el profeta—. Hay momentos en que las tribulaciones se presentan en nuestras vidas y no podemos evitarlas. Pero están allí por algún motivo.

—¿Qué motivo?

—Es una pregunta que no podemos responder antes ni durante las dificultades. Sólo cuando ya las hemos superado entendemos por qué estaban allí.

En cuanto Elías salió, el sacerdote mandó llamar a la comisión de ciudadanos que lo había visitado aquella mañana.

—No os preocupéis por esto —les dijo—. La tradición nos manda ofrecer abrigo a los extranjeros. Además, aquí está bajo nuestro control y podremos vigilar sus pasos. La mejor manera de conocer y destruir a un enemigo, es fingirse su amigo. Cuando llegue el momento lo entregaremos a Jezabel y nuestra ciudad recibirá oro y recompensas. Hasta entonces, aprenderemos cómo destruir sus ideas; por ahora sabemos apenas cómo destruir su cuerpo.

Así, aun cuando Elías fuese un adorador del Dios Único y un potencial enemigo de la princesa, el sacerdote exigió que el derecho de asilo fuese respetado. Todos conocían la antigua tradición: si una ciudad negase conceder cobijo a un forastero, los hijos de sus habitantes pasarían por la misma dificultad. Como la mayor parte del pueblo de Akbar tenía a sus descendientes diseminados por la gigantesca flota mercante del país, nadie osó desafiar la ley de la hospitalidad.

Además, no constituía esfuerzo alguno esperar el día en que la cabeza del profeta judío sirviera de moneda de cambio y se obtuvieran por ella grandes cantidades de oro.

Aquella noche, Elías cenó con la viuda y su hijo. Como el profeta israelita era ahora una valiosa mercadería, algunos comerciantes enviaron comida suficiente para que la familia se pudiera alimentar durante una semana.

—Parece que el Señor de Israel está cumpliendo su palabra —dijo la viuda—. Desde que mi marido murió, mi mesa nunca estuvo tan provista como hoy.

Elías fue poco a poco integrándose en la vida de Sarepta. Como todos sus habitantes, pasó a llamarla Akbar. Conoció al gobernador, al comandante de la guarnición, al sacerdote, a los maestros artesanos que hacían trabajos en vidrio y que eran admirados en toda la región. Cuando le preguntaban qué estaba haciendo allí, él respondía la verdad: Jezabel estaba matando a todos los profetas de Israel.

—Eres un traidor en tu país y un enemigo en Fenicia —decían—, pero somos una nación de comerciantes y sabemos que cuanto más peligroso es un hombre más alto es el precio de su cabeza.

Y así pasaron algunos meses.

En la entrada del valle, algunas patrullas asirias habían acampado, y parecían dispuestas a quedarse Era un pequeño grupo de soldados, que no representaba ninguna amenaza. De cualquier manera, el comandante solicitó al gobernador que tomase alguna medida.

—No nos han hecho nada —dijo el gobernador—. Deben de estar en misión comercial, buscando una ruta mejor para sus productos. Si deciden usar nuestros caminos, pagarán impuestos y nos haremos más ricos aún. ¿Para qué provocarlos?

Para agravar la situación, el hijo de la viuda enfermó sin motivo aparente. Los vecinos atribuyeron el hecho a la presencia del extranjero en su casa y la mujer pidió a Elías que se fuera. Pero él se negó: el Señor aún no lo había llamado. Empezaron a circular rumores de que aquel extranjero había desencadenado con su presencia la ira de los dioses de la Quinta Montaña.

Era posible controlar el ejército y calmar a la población ante la presencia de las patrullas extranjeras. Pero, a causa de la enfermedad del hijo de la viuda, el gobernador empezó a tener dificultades para tranquilizar a la población ante la presencia de Elías.

Una comisión de habitantes fue a hablar con él:

—Podemos construir una casa para el israelita del lado de afuera de las murallas —propusieron—. De esta manera no violamos la ley de hospitalidad pero nos protegemos de la ira divina. Los dioses no están contentos con la presencia de este hombre.

—Dejad que se quede donde está —respondió el gobernador—. No quiero crear problemas políticos con Israel.

—¿Cómo? —preguntaron los habitantes—. Jezabel está persiguiendo a todos los profetas que adoran al Dios Único porque quiere matarlos.

—Nuestra princesa es una mujer valiente y fiel a los dioses de la Quinta Montaña. Pero por mucho poder que tenga ahora, ella no es israelita. Mañana puede caer en desgracia y tendremos que enfrentar la ira de nuestros vecinos. Si demostramos que tratamos bien a sus profetas, nos lo agradecerán.

Los habitantes salieron descontentos, porque el sacerdote había dicho que un día Elías sería cambiado por oro y recompensas. Mientras tanto, aunque el gobernador no tuviese razón, ellos no podían hacer nada. La tradición decía que la familia gobernante tenía que ser respetada.

A LO LEJOS, EN LA entrada del valle, las tiendas de los guerreros asirios comenzaron a multiplicarse.

El comandante se preocupaba, pero no contaba con el apoyo ni del sacerdote ni del gobernador. Procuraba mantener a sus guerreros en constante entrenamiento, aun sabiendo que ninguno de ellos —ni siquiera sus abuelos— había tenido experiencias de combate. Las guerras eran cosa del pasado de Akbar, y todas las estrategias que conocía habían sido superadas por nuevas técnicas y nuevas armas empleadas por los países extranjeros.

—Akbar siempre negoció su paz —decía el gobernador—. No será esta vez que seremos invadidos. Dejad que los países extranjeros luchen entre sí; nosotros tenemos un arma mucho más poderosa que las de ellos: el dinero. Cuando ellos terminen de destruirse mutuamente, entraremos en sus ciudades y venderemos nuestros productos.

Así el gobernador consiguió tranquilizar a la población en relación a la presencia de los asirios. Pero los rumores acerca de que el israelita había traído la maldición de los dioses a Akbar persistían, y el problema tornábase cada vez más acuciante.

CIERTA TARDE, EL niño empeoró mucho, y ya no conseguía tenerse en pie ni reconocer a las personas que venían a visitarlo. Antes de que el sol descendiera en el horizonte, Elías y la mujer se arrodillaron al lado de su cama.

—Señor Todopoderoso, que desviaste las flechas del soldado y que me trajiste hasta aquí, haz que esta criatura se salve. Ella no hizo nada, es inocente de mis pecados y de los pecados de sus padres. Salvadla, Señor.

El niño casi no se movía; sus labios estaban blancos y los ojos perdían rápidamente el brillo.

—¡Reza a tu Dios Único! —pedía la mujer—, porque solamente una madre es capaz de saber cuándo su hijo está partiendo.

Elías tuvo ganas de apretar su mano, decirle que ella no estaba sola y que el Dios Todopoderoso lo escucharía. Él era un profeta, había aceptado eso en las márgenes del Querite, y ahora los ángeles estaban a su lado.

—Ya no me quedan lágrimas —prosiguió ella—. Si Él no tiene compasión, si Él necesita una vida, entonces pídele que lleve la mía, y deje a mi hijo caminar por el valle y por las calles de Akbar.

Elías hizo lo posible para concentrarse en su oración; pero el sufrimiento de aquella madre era tan intenso que parecía llenar el cuarto y penetrar en las paredes, las puertas, en todas partes.

Tocó el cuerpo del muchacho; la temperatura ya no estaba alta, como en días anteriores, y esto era una mala señal.

EL SACERDOTE HABÍA pasado por la casa aquella mañana y, tal como venía haciendo las dos últimas semanas, había aplicado cataplasmas de hierbas en el rostro y en el pecho del niño. En días anteriores, las mujeres de Akbar habían traído recetas de remedios que se habían transmitido durante generaciones y cuyo poder de curación había sido comprobado en diversas ocasiones. Todas las tardes ellas se reunían al pie de la Quinta Montaña y hacían sacrificios para que el alma del niño no dejara su cuerpo.

Conmovido con lo que sucedía en la ciudad, un mercader egipcio que estaba allí en tránsito entregó, sin cobrar nada, un carísimo polvo rojo para ser mezclado con la comida del niño. Decía la leyenda que el secreto de la fabricación de aquel polvo había sido entregado a los médicos egipcios por los propios dioses.

Elías, durante todo ese tiempo, no había dejado de rezar. Pero no había servido de nada, absolutamente de nada.

—SÉ POR QUÉ te dejan quedar aquí —continuó la mujer, con la voz cada vez más baja, porque llevaba muchos días sin dormir—. Sé que han puesto un precio a tu cabeza, y que un día serás enviado a Israel y cambiado por oro. Si salvas a mi hijo, yo te juro por Baal y por los dioses de la Quinta Montaña que jamás serás capturado. Conozco caminos de fuga que ya fueron olvidados por esta generación, y te enseñaré cómo salir de Akbar sin ser visto.

Elías no dijo nada

—¡Reza a tu Dios Único! —repitió la mujer—. Si Él salva a mi hijo, juro que renegaré de Baal y creeré en Él. Explica a tu Señor que te di abrigo cuando lo necesitaste, que hice exactamente lo que Él había mandado.

Elías rezó una vez más e imploró con todas sus fuerzas. En ese momento exacto, el niño se movió.

—Quiero salir de aquí —dijo, con voz débil.

Los ojos de la madre brillaron de alegría y las lágrimas rodaron otra vez por sus mejillas.

—Ven, hijo mío. Vamos a donde tú quieras, haz lo que tú quieras.

Elías hizo gesto de tomarlo en sus brazos, pero el niño le apartó la mano.

—Quiero salir solo —dijo.

Se levantó lentamente y comenzó a caminar en dirección a la

sala. Después de dar algunos pasos, cayó al suelo, como fulminado por un rayo.

Elías y la viuda se aproximaron; el niño estaba muerto.

Por un instante ninguno de los dos dijo nada. De repente, la mujer empezó a gritar con todas sus fuerzas:

—¡Malditos sean los dioses, malditos sean aquellos que se llevaron el alma de mi hijo! ¡Maldito sea el hombre que trajo la desgracia a mi casa!... ¡Mi único hijo! —gritaba ella—. ¡Porque respeté la voluntad de los cielos, porque fui generosa con un extranjero, mi hijo se ha muerto!

Los vecinos escucharon los lamentos de la viuda y vieron a su hijo tendido en el suelo de la casa. La mujer continuaba gritando, golpeando al profeta israelita que de pie, a su lado, parecía haber perdido toda capacidad de reacción, y no hacía nada para defenderse. Mientras las mujeres procuraban calmar a la viuda, los hombres inmediatamente cogieron a Elías por los brazos y lo llevaron a la presencia del gobernador.

—Este hombre pagó la generosidad con odio. Hechizó la casa de la viuda y su hijo ha terminado muriendo. Estamos dando hospitalidad a alguien que está maldito por los dioses.

El israelita lloraba, preguntándose:

—¡Oh, Señor, Dios mío!, ¿hasta a esta viuda, que fue generosa conmigo, Tú resolviste afligir? Si mataste a su hijo es porque no estoy cumpliendo la misión que me fue confiada, y merezco la muerte.

Aquella misma tarde se reunió el consejo de la ciudad de Akbar, bajo la presidencia del sacerdote y del gobernador. Elías fue traído para ser juzgado.

—Decidiste retribuir el amor con el odio. Por eso yo te condeno a muerte —dijo el gobernador.

—Aunque su cabeza valga un saco de oro no podemos despertar la ira de los dioses de la Quinta Montaña —dijo el sacerdote— porque después, ni todo el oro del mundo podrá devolver la paz a esta ciudad.

Elías bajó la cabeza. Merecía todo el sufrimiento que pudiese soportar, porque el Señor lo había abandonado.

—Subirás a la Quinta Montaña —dijo el sacerdote—. Irás a pedir perdón a los dioses ofendidos. Ellos harán que el fuego descienda para matarte. En el caso de que no lo hicieran, será porque desean que la justicia sea cumplida por nuestras propias manos. Te estaremos esperando al término del descenso, y serás ejecutado mañana, según el ritual.

Elías conocía bien las ejecuciones sagradas: al condenado se le arrancaba el corazón del pecho y se le cortaba la cabeza. Según la creencia, un hombre sin corazón no conseguía entrar en el Paraíso.

—¿Por qué me elegiste para esto, Señor? —clamaba en voz alta, aun sabiendo que los hombres a su alrededor no entenderían de qué elección estaba hablando—. ¿No ves que soy incapaz de cumplir lo que exigiste?

No oyó ninguna respuesta.

Los hombres y las mujeres de Akbar siguieron en cortejo al grupo de guardias que llevaban al israelita hasta la Quinta Montaña. Gritaban palabras ofensivas y tiraban piedras. Sólo con mucha dificultad los soldados lograron controlar la furia de la multitud. Después de media hora de caminata, llegaron al pie de la montaña sagrada.

El grupo se detuvo ante los altares de piedra donde el pueblo acostumbraba dejar sus ofrendas y sacrificios, sus pedidos y oraciones. Todos conocían las historias de gigantes que vivían en el lugar, y recordaban a las personas que desafiaron la prohibición y fueron alcanzadas por el fuego del cielo. Los viajeros que pasaban de noche por el valle aseguraban haber escuchado las risas de los dioses y las diosas, divirtiéndose allá arriba.

Pero aun cuando no se tuviera certeza absoluta de todo esto, nadie se atrevía a desafiar a los dioses.

—Vamos —dijo un soldado, empujando a Elías con la punta de su lanza—. Quien mató a un niño merece sufrir el peor de los castigos.

Elías pisó el terreno prohibido y comenzó a subir la cuesta. Al cabo de algún tiempo de caminata, cuando ya no llegaban a sus oídos los gritos de los habitantes de Akbar, se sentó en una piedra y lloró; desde aquella tarde en la carpintería en que había visto la oscuridad iluminada por luces brillantes, no había conseguido nada más que traer la desgracia a otros.

El Señor había perdido sus voces en Israel y el culto a los dioses fenicios ahora debía de poseer mayor fuerza. En su primera noche al lado del río Querite, Elías había pensado que Dios lo había escogido para ser un mártir, como hiciera con tantos otros. Pero, en vez de esto, el Señor había enviado a un cuervo —pájaro agorero— para que lo alimentara hasta que el Querite se secase. ¿Por qué un cuervo, y no una paloma, o un ángel? ¿No habría sido todo el delirio de alguien que quiere esconder su miedo, o que su cabeza ha estado demasiado tiempo expuesta al sol? Elías ahora ya no estaba seguro de nada: quizás el Mal había encontrado su instrumento, y ese instrumento era él.

¿Por qué en vez de regresar y acabar con la princesa que tanto daño hacía a su pueblo, Dios le había mandado ir a Akbar? Se había sentido como un cobarde, pero había cumplido la orden. Había luchado para adaptarse a aquel pueblo extraño, amable, pero con una cultura completamente distinta. Y cuando creía que estaba cumpliendo su destino, el hijo de la viuda había muerto.

¿Por qué?

SE INCORPORÓ, CAMINÓ un poco más y terminó entrando en la neblina que cubría la cumbre de la montaña. Podía aprovechar la falta de visibilidad para huir de sus perseguidores, pero ¿qué importancia tenía eso? Estaba cansado de huir, sabía que nunca conseguiría encontrar su lugar en el mundo. Además, aunque consiguiese escapar ahora, llevaría la maldición que le acompañaba a otra ciudad, y nuevas tragedias ocurrirían. Cargaría consigo, dondequiera que fuese, la sombra de aquellos muertos. Era preferible dejar que su corazón fuese arrancado del pecho y su cabeza cortada.

Volvió a sentarse, esta vez en medio de la neblina. Estaba decidido a esperar un poco, para que la gente de allí abajo creyera que había subido hasta la cima de la Montaña; después retornaría a Akbar, entregándose a sus captores.

«El fuego del cielo.»

Muchas personas ya habían sido muertas por él, aun cuando Elías dudase que fuese enviado por el Señor. En las noches sin luna, su brillo cruzaba el firmamento, apareciendo y desapareciendo de repente. Tal vez quemase. Tal vez matase instantáneamente, sin sufrimiento.

Cayó la noche, y la neblina se disipó. Pudo ver el valle allá abajo, las luces de Akbar y las hogueras del campamento asirio. Escuchó los ladridos de los perros y el canto de los guerreros.

«Estoy preparado —se dijo—. Acepté que era un profeta y actué lo mejor que pude... Pero fallé, y ahora Dios necesita otro.»

En ese momento, una luz descendió hasta él...

«¡El fuego del cielo!», pensó.

La luz, sin embargo, se mantuvo frente a él. Y una voz dijo:

—Soy un ángel del Señor.

Elías se arrodilló y apoyó su rostro en la tierra.

—Ya lo vi otras veces y siempre obedecí al ángel del Señor —respondió Elías sin levantar la cabeza—, que sólo me hace sembrar desgracias por donde paso.

Pero el ángel continuó:

—Cuando vuelvas a la ciudad, pide tres veces que el niño retorne a la vida. El Señor te escuchará la tercera vez.

—¿Por qué debo hacer esto?

—Por la grandeza de Dios.

—Aunque esto suceda, ya dudé de mí mismo y no soy más digno de mi tarea —respondió Elías.

—Todo hombre tiene derecho a dudar de su tarea y a abandonarla de vez en cuando; lo único que no puede hacer es olvidarla. Quien no duda de sí mismo es indigno, porque confía ciegamente en su capacidad y peca por orgullo. Bendito sea aquel que pasa por momentos de indecisión.

—Hace un momento pudiste comprobar que ni siquiera estaba seguro de que fueses un emisario de Dios.

—Ve, y haz lo que te digo.

HABÍA PASADO MUCHO tiempo cuando Elías descendió de la montaña. Los guardias seguían esperando junto a los altares de sacrificio, pero la multitud ya había retornado a Akbar.

—Estoy preparado para la muerte —dijo él—. Pedí el perdón de los dioses de la Quinta Montaña y ellos ahora exigen que, antes de recibirla, yo pase por la casa de la viuda que me acogió y le pida que tenga piedad de mi alma.

Los soldados lo llevaron de vuelta y fueron a consultar al sacerdote.

—Haremos lo que pides —dijo el sacerdote al prisionero—. Ya que pediste perdón a los dioses, debes hacerlo también a la viuda. Para que no intentes escapar, irás acompañado por cuatro soldados armados. Pero no pienses que conseguirás convencerla para pedir clemencia por tu vida; en cuanto amanezca, te ejecutaremos en el centro de la plaza.

El sacerdote hubiera querido preguntar qué es lo que había encontrado allí arriba. Pero estaba en presencia de los soldados, y la respuesta hubiera podido ser embarazosa. Por eso resolvió quedarse callado, pero encontró que era buena idea que Elías pidiera perdón en público; así nadie más tendría dudas sobre el poder de los dioses de la Quinta Montaña.

Elías y los soldados fueron hasta el mísero callejón donde habitara algunos meses. La casa de la viuda estaba con las ventanas y la puerta abiertas, de modo que —según la tradición— el alma de su hijo pudiese salir para ir a habitar junto a los dioses. El cuerpo estaba en el centro de la pequeña sala, velado por los vecinos.

Cuando notaron la presencia del israelita, hombres y mujeres quedaron horrorizados.

—¡Sacadlo de aquí! —gritaron a los guardias—. ¿No basta el mal que ya causó? —¡Es tan perverso que los dioses de la Quinta Montaña no quisieron ensuciarse las manos con su sangre!

—¡Dejaron para nosotros la tarea de matarlo! —gritó otro—. ¡Y lo haremos ahora, sin esperar la ejecución ritual!

Enfrentando los empujones y los golpes, Elías se libró de las manos que lo sujetaban y corrió hasta la viuda, que lloraba en un rincón.

—Puedo traerlo de regreso de los muertos. Déjame acercarme a tu hijo —dijo—. Sólo por un instante.

La viuda ni siquiera levantó la cabeza.

—Por favor —insistió él—. Aunque sea lo último que hagas por mí en esta vida, dame una ocasión de retribuir tu generosidad.

Algunos hombres lo agarraron para alejarlo de allí. Pero Elías se debatía y luchaba con todas sus fuerzas, implorando para que lo dejasen tocar al niño muerto. Aunque era joven y fuerte, terminó siendo empujado hasta la puerta de la casa.

—¡Ángel del Señor, dónde estás! —gritó al cielo.

En ese momento, todos permanecieron inmóviles. La viuda se había levantado y se dirigía hacia él. Cogiéndolo de la mano, lo llevó hasta donde estaba el cadáver del hijo y apartó la sábana que lo cubria:

—He aquí la sangre de mi sangre —dijo—. Que caiga sobre la cabeza de tu familia si no consigues lo que deseas.

Él se aproximó para tocarlo.

—¡Un momento! —dijo la viuda—. Antes, pide a tu Dios que mi maldición se cumpla.

El corazón de Elías latía con fuerza, pero creía en las palabras del ángel:

—¡Que la sangre de este niño caiga sobre mis padres y hermanos, y sobre los hijos a hijas de mis hermanos, si yo no hiciera lo que dije!

Entonces, con todas sus dudas, sus culpas y sus temores...

> él lo tomó de los brazos de ella y lo llevó arriba, al cuarto donde él mismo habitaba. Entonces clamó a los cielos, diciendo «¡Oh, Señor, hasta a esta viuda con quien me hospedo afligiste, matando a su hijo! e, inclinándose tres veces sobre el niño, clamó al Señor diciendo: «¡Oh, Señor mi Dios, haz que el alma de esta criatura vuelva a entrar en ella!

Por algunos instantes nada sucedió. Elías se vio de nuevo en Gileade, delante del soldado con el arco apuntando a su corazón, sabiendo que muchas veces el destino de un hombre no tiene nada que ver con lo que cree o teme. Sentíase tranquilo y confiado como aquella tarde, sabiendo que, independientemente del resultado, había una razón para que todo aquello sucediera. En la cima de la Quinta Montaña, el ángel había llamado a esa razón «grandeza de Dios»; un día él esperaba entender por qué el Creador necesitaba a sus criaturas para mostrar esta gloria.

Fue entonces que el niño abrió los ojos.

—¿Dónde está mi madre? —preguntó.

—Abajo, esperando por ti —respondió Elías, sonriendo.

—Tuve un extraño sueño. Viajaba por un agujero negro, a una velocidad mayor que el más rápido caballo de carreras de Akbar. Vi a un hombre, que sé que era mi padre, aunque nunca lo haya conocido. Entonces llegué a un lugar muy bonito, donde me hubiera gustado quedarme; pero otro hombre, que no conozco, aunque me pareciese alguien muy bueno y valiente, me pidió cariñosamente que volviese de allí. Yo quería seguir, pero tú me despertaste.

El niño parecía triste. El lugar donde casi entró debía de ser muy hermoso.

—No me dejes solo, porque tú me hiciste volver de un lugar donde yo sabía que estaba protegido.

—Vamos a bajar —dijo Elías—; tu madre quiere verte.

El chico intentó levantarse, pero estaba demasiado débil para andar. Elías lo cogió en brazos y bajó.

Las personas en la sala de la planta baja parecían presas de un profundo terror.

—¿Por qué hay tanta gente aquí? —preguntó el niño.

Antes de que Elías pudiese responder, la viuda cogió al hijo en brazos y comenzó a besarlo, llorando.

—¿Qué te han hecho, madre? ¿Por qué estás triste?

—No estoy triste, hijo mío —respondió ella secándose las lágrimas—. Nunca estuve tan alegre en mi vida.

Y, diciendo esto, la viuda se arrojó de rodillas y empezó a gritar:

—¡En esto conozco que eres hombre de Dios! ¡La verdad del Señor sale de tus palabras!

Elías la abrazó, pidiéndole que se levantase.

—¡Suelten a este hombre! —dijo ella a los soldados—. ¡Ha combatido el mal que se había abatido sobre mi casa!

Las personas que estaban allí reunidas no podían creer lo que veían. Una joven de veinte años, que trabajaba como pintora, se arrodilló al lado de la viuda. Poco a poco, todos fueron imitando su gesto, inclusive los soldados encargados de conducir a Elías al cautiverio.

—¡Levantos! —pidió él— y adorad al Señor. Yo soy apenas uno de sus siervos, quizás el menos capacitado.

Pero todos continuaron arrodillados, con la cabeza baja.

—Has hablado con los dioses de la Quinta Montaña —se oyó decir a alguien— y ahora puedes hacer milagros.

—No hay dioses allí. Vi a un ángel del Señor, que me ordenó hacer esto.

—Tú estuviste con Baal y sus hermanos —dijo otra persona.

Elías se abrió paso, empujando a las personas arrodilladas, y salió a la calle. Su corazón continuaba agitado, como si no hubiese cumplido correctamente la tarea que el ángel le había enseñado. «¿De qué sirve resucitar a un muerto si nadie cree de dónde viene tanto poder?» El ángel le había indicado clamar tres veces el nombre del Señor, pero nada le había dicho sobre cómo explicar el milagro a la multitud reunida en la planta baja. «¿Podría ser que, como los antiguos profetas, lo que quise fue impresionar, para satisfacer mi vanidad?», se preguntaba a sí mismo.

Entonces escuchó la voz de su ángel de la guarda, con quien conversaba desde la infancia.

—Hoy has estado con un ángel del Señor.

—Sí —respondió Elías—. Pero los ángeles del Señor no conversan con los hombres; se limitan a transmitir las órdenes que emanan de Dios.

—Usa tu poder —dijo el ángel de la guarda.

Elías no entendió qué quería decir con esto.

—No tengo ninguno. Sólo el que me viene del Señor.

—Nadie tiene. Pero todo el mundo tiene el poder del Señor, y nadie lo usa.

Y añadió el ángel:

—A partir de ahora y hasta el momento en que regreses a la tierra que dejaste, ningún otro milagro te será permitido.

—¿Y cuándo será eso?

—El Señor te necesita para reconstruir Israel —dijo el ángel—. Pisarás otra vez su suelo cuando aprendas a reconstruir.

Y no dijo nada más.

Segunda parte

El sacerdote rezó sus oraciones al sol que nacía y pidió al dios de la Tempestad y a la diosa de los Animales que tuviesen piedad de los ingenuos. Alguien le había contado esa mañana que Elías había recuperado al hijo de la viuda del reino de los muertos.

La ciudad se hallaba atemorizada y excitada al mismo tiempo. Todos creían que el israelita había recibido su poder de los dioses en la Quinta Montaña, y ahora se hacía mucho más difícil acabar con él. «Pero la hora adecuada llegará», se dijo a sí mismo.

Los dioses harían surgir otra oportunidad para acabar con él. Pero la cólera divina tenía otro motivo, y la presencia de los asirios en la entrada del valle era una señal. ¿Por qué los centenares de años de paz estaban a punto de terminar? Él tenía la respuesta: la invención de Biblos. Su país había desarrollado una forma de escritura accesible a todos, incluso a aquellos que no estaban preparados para utilizarla. Cualquier persona podía aprenderla en poco tiempo, y esto sería el fin de la civilización.

El sacerdote sabía que de todas las armas de destrucción que el hombre fue capaz de inventar, la más terrible, la más poderosa, era la palabra. Los puñales y las lanzas dejaban vestigios de sangre; las flechas podían ser vistas a distancia, los venenos terminaban por ser detectados y evitados. Pero la palabra conseguía destruir sin dejar rastro. Si los rituales sagrados pudiesen ser difundidos, mucha gente podría utilizarlos para intentar modificar el orden del universo, y eso confundiría a los dioses.

Hasta ese momento, sólo la casta sacerdotal conocía la memoria de los antepasados, que era transmitida oralmente, y bajo juramento de que las informaciones serían mantenidas en secreto. Los caracteres que los egipcios habían divulgado por el mundo exigían prolongados años de estudio, por lo que únicamente los que estaban muy preparados, como los escribas y sacerdotes, podían intercambiar informaciones. Otras culturas tenían sus formas rudimentarias de registro de la historia, pero eran tan complicadas que nadie se preocupaba de intentar aprenderlas fuera de las propias regiones donde eran usadas.

La invención de Biblos poseía, en cambio, una cualidad extraordinaria: podía ser usada por cualquier país, independientemente de la lengua que hablasen. Hasta los propios griegos, que generalmente rechazaban todo lo que no nacía en sus ciudades, ya habían adoptado la escritura de Biblos como práctica corriente en sus transacciones comerciales. Como eran especialistas en apropiarse de todo cuanto pudiera ser novedad, ya habían bautizado la invención de Biblos con un nombre griego: alfabeto.

Los secretos guardados celosamente durante siglos de civilización corrían el riesgo de ser expuestos a la luz. Comparado con esto, el sacrilegio cometido por Elías al traer a alguien desde el otro margen del río de la muerte, como los egipcios acostumbraban decir, carecía de importancia.

«Estamos siendo castigados porque ya no somos capaces de preservar convenientemente las cosas sagradas —pensó—. Los asirios están a nuestras puertas, atravesarán el valle y destruirán la civilización de nuestros antepasados.»

Y acabarían con la escritura. El sacerdote sabía que la presencia del enemigo no era una casualidad: era el precio a pagar. Los dioses habían planeado todo muy bien, de manera que nadie se diera cuenta de que eran ellos los responsables; habían colocado en el poder a un gobernador más preocupado de los negocios que del ejército, habían alentado la codicia de los asirios, habían hecho que la lluvia escaseara cada vez más y habían traído a un infiel para dividir a la ciudad. Pronto estallaría la guerra.

AKBAR CONTINUARÍA EXISTIENDO, incluso después de eso. Pero la amenaza de los caracteres de Biblos sería borrada para siempre de la faz de la Tierra. El sacerdote limpió con cuidado la piedra que señalaba el lugar donde, muchas generaciones atrás, el peregrino extranjero había encontrado el lugar indicado por los cielos y fundado la ciudad. «¡Qué bella es!», pensó. Las piedras eran una imagen de los dioses: duras, resistentes, sobreviviendo en cualesquiera condiciones, y sin tener que explicar por qué estaban allí. La tradición oral decía que el centro del mundo estaba marcado por una piedra, y en su infancia había llegado a pensar en buscarla. Continuó alimentando la idea hasta ese año, pero la presencia de los asirios en el fondo del valle le hizo comprender que jamás cumpliría su sueño.

«No importa. Ha correspondido a mi generación ser ofrecida en sacrificio por haber ofendido a los dioses. Hay cosas inevitables en la historia del mundo, y tenemos que aceptarlas.»

Se prometió a sí mismo obedecer a los dioses: no procuraría evitar la guerra.

«Quizás hayamos llegado al final de los tiempos. Ya no hay forma de eludir las crisis, que son cada vez más frecuentes.»

El sacerdote cogió su bastón y salió del pequeño templo; había concertado una cita con el comandante de la guarnición de Akbar.

Estaba casi llegando a la muralla del sur cuando fue abordado por Elías:

—El Señor trajo a un niño de regreso del mundo de los muertos —dijo el israelita—. La ciudad cree en mi poder.

—El niño no debía de estar muerto —respondió el sacerdote—. Ya ha pasado otras veces; el corazón se para y después vuelve a latir. Hoy toda la ciudad está hablando de esto; mañana se acordarán de que los dioses están cerca y pueden escuchar lo que están diciendo. Entonces sus bocas volverán a enmudecer. Ahora debo irme, porque los asirios se preparan para el combate.

—Escucha lo que tengo que decirte: después del milagro de anoche, me fui a dormir afuera de las murallas, porque necesitaba un poco de tranquilidad. Entonces el mismo ángel que vi en lo alto de la Quinta Montaña se me apareció otra vez y me dijo: Akbar será destruida por la guerra.

—Las ciudades no pueden ser destruidas —dijo el sacerdote—. Serán reconstruidas setenta veces siete porque los dioses saben dónde las colocaron, y las necesitan allí.

El gobernador se aproximó. Venía acompañado de un grupo de cortesanos, y preguntó:

—¿Qué es lo que dices?

—Que busquéis la paz —repitió Elías.

—Si tienes miedo, vuélvete al lugar de donde viniste —repuso secamente el sacerdote.

—Jezabel y su rey están esperando a los profetas fugitivos para matarlos —dijo el gobernador—. Pero me gustaría que me contaras cómo pudiste subir a la Quinta Montaña sin ser destruido por el fuego del cielo.

El sacerdote necesitaba interrumpir aquella conversación; el gobernador estaba pensando en negociar con los asirios y podía querer utilizar a Elías para sus propósitos.

—No lo escuches —dijo—. Ayer, cuando fue traído a mi presencia para ser juzgado, vi que lloraba de miedo.

—Mi llanto era por el mal que pensaba haber causado, pues sólo tengo miedo de dos cosas: del Señor y de mí mismo. No huí de Israel, y estoy listo para volver en cuanto el Señor lo permita. Acabaré con su bella princesa y la fe de Israel sobrevivirá a esta nueva amenaza.

—Hay que tener el corazón muy duro para resistirse a los encantos de Jezabel —ironizó el gobernador—. No obstante, si eso llegara a suceder, enviaríamos a otra mujer más hermosa aún, como ya hicimos antes de ella.

El sacerdote decía la verdad. Doscientos años antes, una princesa de Sidón había seducido al más sabio de todos los gobernantes de Israel, el rey Salomón. Ella le pidió que construyera un altar en homenaje a la diosa Astarté, y Salomón la obedeció. A causa de este sacrilegio, el Señor hizo que se sublevaran los ejércitos vecinos, y Salomón fue maldecido por Dios.

«Lo mismo sucederá con Ajab, el marido de Jezabel», pensó Elías. El Señor le haría cumplir su tarea cuando llegase la hora. Pero ¿de qué servía intentar convencer a esos hombres que tenía enfrente? Ellos eran como los que vio la noche anterior, arrodillados en el suelo de la casa de la viuda, alabando a los dioses de la Quinta Montaña: la tradición jamás los dejaría pensar de manera diferente.

—Es una pena que tengamos que respetar la ley de hospitalidad —dijo el gobernador, que aparentemente ya había olvidado los comentarios de Elías acerca de la paz—. Si no fuese así, ayudaríamos a Jezabel en su tarea de acabar con los profetas.

—No es ésta la razón por la que me conserváis la vida. Sabéis que soy una mercancía valiosa, y queréis dar a Jezabel el placer de matarme con sus propias manos. Sin embargo, desde ayer el pueblo me atribuye poderes mágicos. Piensan que encontré a los dioses en lo alto de la Quinta Montaña; en cuanto a vosotros, nada os importaría ofender a los dioses, pero no deseáis irritar a los habitantes de la ciudad.

El gobernador y el sacerdote dejaron a Elías hablando solo y siguieron en dirección a las murallas. En aquel momento, el sacerdote decidió que mataría al profeta israelita en la primera oportunidad; lo que antes era una mercancía, ahora se había transformado en una amenaza.

Al verlos alejarse, Elías se desesperó. ¿Qué podría hacer para servir al Señor? Entonces comenzó a gritar en medio de la plaza:

—¡Pueblo de Akbar! ¡Anoche subí a la Quinta Montaña y conversé con los dioses que allí habitan. Cuando volví, fui capaz de traer a un niño del reino de los muertos!

Las personas se agruparon a su alrededor; la historia ya era conocida por toda la ciudad. El gobernador y el sacerdote se detuvieron en medio del camino y volvieron para ver qué pasaba; el profeta israelita estaba diciendo que había visto a los dioses de la Quinta Montaña adorando a un Dios superior.

—Ordenaré que lo maten —dijo el sacerdote.

—Y la población se rebelará contra nosotros —respondió el gobernador, interesado en lo que el extranjero estaba diciendo—. Es mejor esperar que cometa un error.

—Antes de bajar de la montaña, los dioses me encargaron ayudar al gobernador contra la amenaza de los asirios —continuó Elías—. Sé que él es un hombre honrado y quiere escucharme; pero existen personas interesadas en que estalle la guerra y no dejan que yo me aproxime a él.

—El israelita es un hombre santo —dijo un viejo al gobernador—. Nadie puede subir a la Quinta Montaña sin ser fulminado por el fuego del cielo, pero este hombre lo consiguió, y ahora resucita a los muertos.

—Tiro, Sidón y todas las ciudades fenicias tienen la tradición de la paz —dijo otro viejo—; ya pasamos por otras amenazas peores y conseguimos superarlas.

Algunos enfermos e inválidos empezaron a aproximarse, abriéndose camino entre la multitud, tocando la ropa de Elías y pidiendo que les curase sus males.

—Antes de aconsejar al gobernador, cura a los enfermos —dijo el sacerdote—. Entonces creeremos que los dioses de la Quinta Montaña están contigo.

Elías recordó lo que el ángel le había dicho la noche anterior: sólo le sería permitida la fuerza de las personas comunes.

—Los enfermos piden ayuda —insistió el sacerdote—. Estamos esperando.

—Antes tenemos que ocuparnos de evitar la guerra. Habrá más enfermos y más inválidos si no lo conseguimos.

El gobernador interrumpió la conversación:

—Elías vendrá con nosotros. Él ha sido tocado por la inspiración divina.

Aun cuando no creyese en la existencia de dioses en la Quinta Montaña, el gobernador necesitaba un aliado para ayudarlo a convencer al pueblo de que la paz con los asirios era la única salida.

Mientras caminaban al encuentro del comandante, el sacerdote comentó con Elías:

—No crees en nada de lo que dije.

—Creo que la paz es la única salida. Pero no creo que la cima de aquella montaña esté habitada por dioses. Ya estuve allí.

—¿Y qué viste?

—Un ángel del Señor. Ya lo había visto antes, en otros lugares por donde anduve —respondió Elías—. Y sólo existe un Dios.

El sacerdote rió.

—Es decir, que en tu opinión, el mismo dios que hizo la tempestad, hizo también el trigo, aunque sean cosas completamente diferentes.

—¿Ves la Quinta Montaña? —preguntó Elías—. De cada lado que mires te parecerá diferente, aunque sea la misma montaña. Así sucede con todo cuanto fue creado: muchas caras del mismo Dios.

LLEGARON A LO ALTO DE la montaña, desde donde se veía a la distancia el campamento enemigo. En el valle desértico, las tiendas blancas resaltaban a la vista.

Un tiempo atrás, cuando los centinelas habían notado la presencia de los asirios en una de las extremidades del valle, los espías capturados dijeron que estaban allí en misión de reconocimiento. En esa ocasión, el comandante sugirió que fueran apresados y vendidos como esclavos. Pero el gobernador se decidió por otra estrategia: no hacer nada. Apostaba al hecho de que, estableciendo buenas relaciones con ellos, podía abrir un nuevo mercado para el comercio de vidrios fabricados en Akbar; además, aunque estuviesen allí para preparar una guerra, los asirios sabían que las ciudades pequeñas están siempre del lado de los vencedores. En este caso, todo lo que los generales asirios deseaban era pasar por ellas sin encontrar resistencia, en busca de Tiro y Sidón. Éstas, sí, eran las ciudades que guardaban los tesoros y los conocimientos de su pueblo.

La patrulla había acampado a la entrada del valle y, poco a poco, se le habían ido sumando refuerzos. El sacerdote decía conocer la razón: la ciudad tenía un pozo de agua, el único pozo en varios días de caminata por el desierto. Si los asirios querían conquistar Tiro o Sidón, necesitaban aquella agua para abastecer a sus ejércitos.

Al finalizar el primer mes, aún podían expulsarlos. Al final del segundo mes, aún podían vencer con facilidad y negociar una retirada honrosa de los soldados asirios.

Se quedaron esperando el combate, pero sus adversarios no atacaban. Al final del quinto mes, aún podían ganar la batalla. «Atacarán pronto porque deben de estar sufriendo sed», se decía el gobernador. Pidió al comandante que elaborase estrategias de defensa y mantuviese a sus hombres en entrenamiento constante para reaccionar ante un ataque sorpresa.

Pero él se concentraba solamente en la preparación de la paz.

HABÍA TRANSCURRIDO YA medio año y el ejército asirio continuaba acampado. La tensión en Akbar, creciente durante las primeras semanas de ocupación, había disminuido notoriamente. Las personas continuaban sus vidas: los agricultores volvían a ir a los campos, los artesanos fabricaban el vino, el vidrio y el jabón y los comerciantes seguían comprando y vendiendo sus mercancías. Todos pensaban que si Akbar no había atacado al enemigo era porque la crisis sería resuelta en breve con negociaciones. Todos sabían que el gobernador había sido designado por los dioses y conocía siempre la mejor decisión que se debía adoptar.

Cuando Elías llegó a la ciudad, el gobernador había mandado difundir rumores sobre la maldición que el extranjero traía consigo; así, si la amenaza de guerra se hiciera insoportable, siempre podría culpar a su presencia como la principal razón del desastre. Los habitantes de Akbar quedarían convencidos de que, con la muerte del israelita, el universo volvería a su lugar. El gobernador explicaría entonces que ahora era demasiado tarde para exigir que los asirios se retiraran; mandaría ejecutar a Elías y explicaría a su pueblo que la paz era la mejor solución. En su opinión, los mercaderes, que también deseaban la paz, forzarían a los otros a aceptar esta idea.

Durante todos estos meses había luchado contra la presión del sacerdote y del comandante, que exigían atacar de inmediato. Los dioses de la Quinta Montaña, sin embargo, nunca lo abandonaron; ahora, con el milagro de la resurrección la noche anterior, consideraba de capital importancia respetar la vida de Elías.

—¿Qué hace ese extranjero con vosotros? —preguntó el comandante.

—Fue iluminado por los dioses —respondió el gobernador— y nos ayudará a descubrir la mejor salida.

Rápidamente cambió de conversación:

—Parece que el número de tiendas ha aumentado hoy.

—Y aumentará más aún mañana —dijo el comandante—. Si hubiéramos atacado cuando no formaban más que una patrulla, posiblemente no hubieran vuelto.

—Te equivocas. Alguno de ellos terminaría escapándose y volverían para vengarse.

—Cuando atrasamos la cosecha, los frutos se pudren —insistió el comandante—, pero cuando atrasamos los problemas, no paran de crecer.

El gobernador explicó que la paz reinaba en Fenicia desde hacía casi tres siglos y eso era el gran orgullo de su pueblo. ¿Qué dirían las generaciones futuras si él interrumpiese esta prosperidad?

—Envía a un emisario para negociar con ellos —dijo Elías—. El mejor guerrero es aquel que consigue transformar al enemigo en amigo.

—No sabemos exactamente lo que quieren. Ignoramos incluso si desean conquistar nuestra ciudad. ¿Cómo podemos negociar?

—Hay señales de amenaza. Un ejército no pierde su tiempo haciendo ejercicios militares lejos de su país.

Cada día llegaban más soldados, y el gobernador se ocupaba

en calcular la cantidad de agua que sería necesaria para todos aquellos hombres. En poco tiempo, la ciudad estaría indefensa ante el ejército enemigo.

—¿Estamos en condiciones de atacar ahora? —preguntó el sacerdote al comandante.

—Sí, podemos atacar. Perderemos muchos hombres, pero salvaremos la ciudad. No obstante, debemos adoptar una decisión ahora mismo.

—No debemos hacer esto, gobernador. Los dioses de la Quinta Montaña me dijeron que aún tenemos tiempo de encontrar una solución pacífica —dijo Elías.

Aunque había escuchado la conversación del sacerdote con el israelita, el gobernador fingió creerlo. A él tanto le daba que Sidón y Tiro fueran gobernadas por los fenicios, por los cananeos o por los asirios; lo importante era que la ciudad pudiese continuar comerciando sus productos.

—Ataquemos —insistió el sacerdote.

—Esperemos un día más —pidió el gobernador—. Puede ser que las cosas se resuelvan.

Tenía que decidir en seguida la mejor forma de enfrentarse a la amenaza de los asirios. Descendió de la muralla y se dirigió al palacio, pidiendo al israelita que lo acompañase.

Por el camino observó al pueblo que lo circundaba: los pastores llevando a las ovejas a las montañas, los agricultores yendo a los campos, para intentar arrancar de la tierra seca un poco de sustento para ellos y sus familias. Vio a soldados que hacían ejercicios con sus lanzas, y a algunos mercaderes recién llegados que exponían sus productos en la plaza. Por increíble que pudiese parecer, los asirios no habían cerrado el camino que atravesaba el valle en toda su extensión; los comerciantes continuaban circulando con sus mercancías, y pagando a la ciudad la tasa por el transporte.

—Ahora que han conseguido reunir una fuerza poderosa, ¿por qué no cierran el camino? —quiso saber Elías.

—El imperio asirio necesita los productos que llegan a los puertos de Sidón y Tiro —respondió el gobernador—. Si los comerciantes fueran amenazados, interrumpirían el flujo de abastecimiento, y las consecuencias serían más graves que una derrota militar. Debe de haber una manera de evitar la guerra.

—Sí —dijo Elías—. Si desean agua, podemos vendérsela.

El gobernador no dijo nada. Pero percibió que podía usar al israelita como un arma en contra de los que deseaban la guerra. Él había subido a la cima de la Quinta Montaña, había desafiado a los dioses y, en el caso de que el sacerdote decidiera insistir en la idea de luchar contra los asirios, Elías sería el único que podría enfrentarlo. Sugirió que fuesen a dar un paseo juntos, para conversar un poco.

El sacerdote permaneció en lo alto de la muralla observando al enemigo.

—¿Qué pueden hacer los dioses para detener a los invasores? —preguntó el comandante.

—He realizado los sacrificios ante la Quinta Montaña. He pedido que nos envíen un jefe más valiente.

—Deberíamos actuar como Jezabel, y acabar con los profetas. Un simple israelita, que ayer estaba condenado a muerte, hoy es usado por el gobernador para convencer a la población sobre la conveniencia de mantener la paz.

El comandante miró hacia la montaña.

—Podemos encargar el asesinato de Elías y usar a mis soldados para alejar al gobernador de sus funciones.

—Ordenaré que maten a Elías —respondió el sacerdote—. Respecto al gobernador, no podemos hacer nada: sus antepasados están en el poder desde hace varias generaciones; su abuelo fue nuestro jefe y pasó el poder de los dioses a su padre, quien a su vez se lo traspasó a él.

—¿Por qué la tradición nos impide colocar en el gobierno a una persona más eficiente?

—La tradición existe para mantener el mundo en orden. Si nos inmiscuimos en esto, el mundo se acaba.

El sacerdote miró a su alrededor. El cielo y la tierra, las montañas y el valle, cada cosa cumpliendo con lo que había sido escrito para ella. A veces el suelo temblaba. Otras veces (como ahora) pasaba mucho tiempo sin llover. Pero las estrellas continuaban en sus lugares y el sol no se había desplomado sobre la cabeza de los hombres. Todo porque, desde el Diluvio, los hombres habían aprendido que era imposible cambiar el orden de la Creación.

En el pasado existía solamente la Quinta Montaña. Hombres y dioses vivían juntos, paseaban por los jardines del Paraíso, conversaban y reían entre sí. Pero los seres humanos habían pecado y los dioses los expulsaron de allí. Como no tenían dónde enviarlos, terminaron creando la Tierra alrededor de la montaña, para poder arrojarlos allí, mantenerlos bajo su vigilancia y hacer que siempre recordaran que estaban en un plano muy inferior al de los moradores de la Quinta Montaña.

No obstante, cuidaron de dejar abierta una puerta de retorno: si la humanidad siguiese bien su camino trazado, terminaría regresando a lo alto de la montaña. Y, para no dejar que esta idea fuera olvidada, encargaron a los sacerdotes y a los gobernantes que la mantuvieran viva en la imaginación del mundo.

Todos los pueblos compartían la misma creencia: si las familias ungidas por los dioses se alejaran del poder, las consecuencias serían graves. Nadie se acordaba ya de por qué estas familias habían sido escogidas, pero todos sabían que estaban emparentadas con las familias divinas. Akbar ya existía desde hacía centenares de años, y siempre había sido administrada por los antepasados del actual gobernador; había sido invadida muchas veces, ya había estado en manos de opresores y de bárbaros pero, con el transcurso del tiempo, los invasores partían o eran expulsados. Entonces el antiguo orden se restablecía, y los hombres volvían a su vida de antes.

La obligación de los sacerdotes era preservar este orden: el mundo poseía un destino y era gobernado por leyes. El tiempo de intentar entender a los dioses ya había pasado; ahora era la época de respetarlos y hacer todo lo que querían. Eran caprichosos, y se irritaban con facilidad.

Si no se cumplieran los rituales de la cosecha, la tierra no daría frutos; si algunos sacrificios se olvidaran, la ciudad sería infestada con enfermedades mortales; si el dios del Tiempo fuese otra vez provocado, podía hacer que el trigo y los hombres dejasen de crecer.

—Contempla la Quinta Montaña —dijo al comandante—. Desde su cima, los dioses gobiernan el valle y nos protegen. Ellos tienen un plan eterno para Akbar. El extranjero será muerto o regresará a su tierra, el gobernador desaparecerá algún día, y su hijo será más sabio que él; lo que vivimos ahora es pasajero.

—Necesitamos un nuevo jefe —dijo el comandante—. Si continuamos en manos de este gobernador, seremos destruidos.

El sacerdote sabía que era esto lo que los dioses querían, para acabar con la amenaza de la escritura de Biblios. Pero no dijo nada; se alegró de constatar una vez más que los gobernantes siempre cumplín (queriéndolo o no) el destino del Universo.

ELÍAS PASEÓ POR LA CIUDAD, explicó sus planes de paz al gobernador y fue nombrado su auxiliar. Cuando llegaron al centro de la plaza, nuevos enfermos se aproximaron. Pero él les dijo que los dioses de la Quinta Montaña le habían prohibido hacer curaciones. Al atardecer volvió a casa de la viuda; el niño jugaba en medio de la calle, y le agradeció por haber sido instrumento de un milagro del Señor.

Ella lo esperaba para cenar. Para su sorpresa, había una botella de vino sobre la mesa.

—La gente trajo regalos para agradarte —dijo ella—. Y yo quiero pedirte perdón por mi injusticia.

—¿Qué injusticia? —se admiró Elías—. ¿No ves que todo forma parte de los designios de Dios?

La viuda sonrió, sus ojos brillaron y él pudo observar lo bonita que era. Tendría por lo menos diez años más que él, pero le suscitaba una profunda ternura. No estaba acostumbrado a estos sentimientos, y tuvo miedo. Se acordó de los ojos de Jezabel y del pedido que hiciera al salir del palacio de Ajab: que le gustaría casarse con una mujer del Líbano.

—Aunque mi vida haya sido inútil, por lo menos tuve un hijo. Y su historia será recordada porque volvió del reino de los muertos —dijo la mujer.

—Tu vida no es inútil. Yo vine a Akbar por orden del Señor, y tú me albergaste. Si la historia de tu hijo ha de ser recordada algún día, estoy seguro de que la tuya también lo será.

La mujer llenó las dos copas. Ambos brindaron al sol que se escondía y a las estrellas del cielo.

—Viniste de un país distante, siguiendo las señales de un Dios que yo no conocía, pero que ahora ha pasado a ser mi Señor. Mi hijo también volvió de una tierra lejana y tendrá una bella historia para contar a sus nietos. Los sacerdotes recogerán sus palabras, y pasarán a las generaciones por venir.

Era a través de la memoria de los sacerdotes que las ciudades conocían su pasado, sus conquistas, los dioses antiguos, los guerreros que defendieron la tierra con su sangre. Incluso aunque ahora existiesen nuevas maneras de registrar el pasado, la memoria de los sacerdotes era en lo único que los habitantes de Akbar confiaban. Todo el mundo puede escribir lo que quiera; pero nadie consigue recordar cosas que nunca existieron.

—Y yo, ¿qué tengo para contar? —continuó la mujer llenando la copa que Elías había vaciado rápidamente—. No tengo la fuerza o la belleza de Jezabel. Mi vida es como las otras; el casamiento concertado por los padres cuando era niña, las tareas domésticas cuando me hice adulta, el culto en los días sagrados, el marido siempre ocupado en otras cosas. Mientras vivió, jamás conversamos sobre nada importante. Él vivía preocupado por sus negocios, yo cuidaba de la casa, y así pasamos los mejores años de nuestras vidas.

»Después de su muerte, sólo me quedó la miseria y la educación de mi hijo. Cuando crezca, cruzará los mares y yo ya no seré importante para nadie. No tengo odio ni resentimiento, simplemente conciencia de mi inutilidad.

Elías llenó otra vez la copa. Su corazón empezaba a alarmarse; le gustaba estar al lado de aquella mujer. El amor podía ser una experiencia más temible que estar ante un soldado de Ajab con una flecha apuntándole al corazón. Si la flecha lo alcanzase, él estaría muerto, y el resto quedaría a cargo de Dios;

pero si el amor le hiriera, él mismo tendría que asumir las consecuencias.

«¡Deseé tanto el amor en mi vida!», pensó. Y, sin embargo, ahora que lo tenía delante (porque sin duda estaba allí, todo lo que tenía que hacer era no huir de él) su única idea era olvidarlo lo más pronto posible.

Su pensamiento volvió al día en que había llegado a Akbar, después de su exilio en el Querite. Estaba tan cansado y sediento que no conseguía recordar nada, excepto el momento en que se había recuperado de su desmayo y la vio vertiendo gotas de agua en sus labios. Su rostro estaba próximo al de ella, tan próximo como jamás estuviera el de cualquier otra mujer en toda su vida. Se había dado cuenta de que ella tenía los mismos ojos verdes de Jezabel, sólo que con un brillo diferente, como si pudieran reflejar los cedros, el océano con el que tanto había soñado y no conocía y (¿cómo era posible?) su propia alma.

«Me gustaría tanto decírselo —pensó—, pero no sé cómo. Es más fácil hablar del amor de Dios.»

Elías bebió un poco más. Ella se dio cuenta de que había dicho algo que no le había gustado, y decidió cambiar de tema.

—¿Subiste a la Quinta Montaña? —preguntó.

Él asintió con la cabeza.

Le hubiera gustado preguntarle qué vio allá arriba y cómo consiguió salvarse del fuego de los cielos. Pero él parecía no sentirse cómodo.

«Es un profeta. Lee mi corazón», pensó.

Desde que el israelita entrara en su vida, todo había cambiado. Hasta la pobreza era más fácil de sobrellevar, porque aquel extranjero había despertado en ella algo que nunca había conocido: el amor. Cuando su hijo enfermó, había luchado contra todo el vecindario para que él continuara en la casa.

Sabía que para él, el Señor era más importante que todo lo que sucediera bajo el cielo. Tenía conciencia de que era un sueño imposible, pues el hombre que tenía enfrente podía irse en aquel mismo momento, derramar la sangre de Jezabel y no volver jamás para contar lo sucedido.

Aun así, continuaría amándolo porque, por primera vez en su vida, tenía conciencia de lo que era la libertad. Podía amarlo aunque él jamás lo supiera; no necesitaba su permiso para echarlo de menos, pensar en él el día entero, esperarlo para cenar, y preocuparse por lo que se podría estar tramando en contra de él. Esto era la libertad: sentir lo que su corazón deseaba, independientemente de la opinión de los otros. Ya había luchado con los amigos y vecinos en defensa de la presencia del extranjero en su casa; no necesitaba luchar contra sí misma.

Elías bebió un poco de vino, pidió disculpas y se fue a su cuarto. Ella salió, se alegró al ver a su hijo jugando frente a la casa y decidió dar un breve paseo.

Era libre, porque el amor libera.

Elías permaneció mucho tiempo contemplando la pared de su habitación. Finalmente, decidió invocar a su ángel.

—Mi alma corre peligro —dijo.

El ángel mantuvo silencio. Elías dudó en seguir la conversación, pero ahora ya era tarde: no podía invocarlo sin motivo...

—Cuando estoy ante esta mujer, no me siento bien.

—Es al contrario —respondió el ángel—, y esto te molesta. Porque podrías llegar a amarla.

Elías sintió vergüenza, porque el ángel conocía su alma.

—El amor es peligroso —dijo.

—Mucho —respondió el ángel—. ¿Y qué?

A continuación, desapareció.

Su ángel no tenía las dudas que atormentaban su alma. Sí, él conocía el amor: había visto al rey de Israel abandonar al Señor porque Jezabel, una princesa de Sidón, había conquistado su corazón. La tradición contaba que el rey Salomón perdió su trono por causa de una mujer extranjera. El rey David había enviado a uno de sus mejores amigos a la muerte porque se había enamorado de su esposa. Por causa de Dalila, Sansón fue apresado y los filisteos cegaron sus ojos...

¿Cómo que no conocía el amor? La historia estaba llena de ejemplos trágicos. Y aunque no conociera las escrituras sagradas, tenía el ejemplo de sus amigos —y de los amigos de sus amigos— perdidos en largas noches de espera y sufrimiento. Si hubiera tenido una mujer en Israel, difícilmente habría dejado la ciudad cuando su Señor se lo ordenó, y ahora estaría muerto.

«Estoy librando un combate inútil —pensó—. El amor ganará esta batalla, y yo la amaré por el resto de mis días. Señor, envíame de vuelta a Israel para que yo jamás tenga que decir a esta mujer lo que siento. Porque ella no me ama, y me dirá que su corazón fue enterrado junto con el cuerpo de su heroico marido.»

Al día siguiente, Elías volvió a encontrarse con el comandante, y supo que se habían montado algunas tiendas más.

—¿Cuál es la proporción actual de guerreros? —preguntó.

—No doy informaciones a un enemigo de Jezabel.

—Soy consejero del gobernador —respondió Elías—. Me nombró su asistente ayer por la tarde, fuiste informado del nombramiento y, por lo tanto, debes responderme.

El comandante sintió deseos de acabar con la vida del extranjero.

—Los asirios cuentan con dos soldados por cada uno de los nuestros —terminó diciendo.

Elías sabía que el enemigo necesitaba una fuerza muy superior.

—Nos estamos aproximando al momento ideal para iniciar las conversaciones de paz —dijo—. Ellos entenderán que estamos siendo generosos y conseguiremos las mejores condiciones. Cualquier general sabe que para conquistar una ciudad se necesitan cinco invasores por cada defensor.

—Pronto llegarán a ese número si no atacamos ahora.

—Aun con toda la línea de abastecimiento, no tendrán agua suficiente para tantos hombres. Y el momento de enviar a nuestros embajadores habrá llegado.

—¿Qué momento es éste?

—Vamos a dejar que el número de guerreros asirios aumente un poco más. Cuando la situación se vuelva insoportable, ellos se verán forzados a atacar, pero, en la proporción de tres o cuatro por cada uno de los nuestros, saben que terminarán derrotados. Y entonces será cuando nuestros emisarios vayan a ofrecer la paz, el libre tránsito y la venta de agua. Ésta es la idea del gobernador.

El comandante no dijo nada, y dejó que el extranjero se fuera.

Incluso con Elías muerto, el gobernador podía insistir en aquella idea. Se juró a sí mismo que, si la situación llegaba a ese punto, mataría al gobernador y después se suicidaría, porque no quería ver la furia de los dioses.

Entretanto, por nada del mundo permitiría que su pueblo fuese traicionado por dinero.

—¡Llévame de regreso a la tierra de Israel, Señor! —clamaba Elías todas las tardes, caminando por el valle—. ¡No dejes que mi corazón quede prisionero en Akbar!

Siguiendo una costumbre de los profetas que conocía desde su niñez, comenzó a flagelarse con un látigo siempre que pensaba en la viuda. La espalda le quedó en carne viva y durante dos días deliró de fiebre. Cuando se despertó, lo primero que vio fue el rostro de la mujer. Había estado cuidando sus heridas, cubriéndolas con ungüentos y aceite de oliva. Como estaba demasiado débil para bajar hasta la sala, ella le subía los alimentos a la habitación.

CUANDO SE CURÓ, volvió a caminar por el valle.

—¡Llévame de regreso a la tierra de Israel, Señor! —insistía—. ¡Mi corazón ya está preso en Akbar, pero mi cuerpo aún puede seguir viaje!

El ángel apareció. No era el ángel del Señor, el que viera en lo alto de la montaña, sino el que lo guardaba, a cuya voz ya estaba acostumbrado:

—El Señor escucha las preces de los que piden para olvidar el odio. Pero está sordo para los que quieren huir del amor.

LOS TRES CENABAN juntos todas las noches. Conforme el Señor había prometido, jamás faltó harina en la olla ni aceite en la vasija.

Raramente conversaban durante las comidas. Cierta noche, no obstante, el niño preguntó:

—¿Qué es un profeta?

—Alguien que continúa escuchando las mismas voces que oía en la infancia. Y cree en ellas. De esta manera, puede saber lo que piensan los ángeles.

—Sí, ya sé de qué estás hablando —dijo el niño—. Tengo amigos que nadie más ve.

—No los olvides nunca, aunque los adultos te digan que son tonterías. Así siempre sabrás lo que Dios quiere.

—Y conoceré el futuro, como los adivinos de Babilonia —añadió el muchacho.

—Los profetas no conocen el futuro. Solamente transmiten las palabras que el Señor les inspira en el momento presente. Por esto estoy aquí, sin saber cuándo volveré a mi país. Él no me lo dirá antes de que sea necesario.

Los ojos de la mujer se entristecieron. Sí, un día él partiría.

ELÍAS YA NO clamaba al Señor. Había decidido que, cuando llegara el momento de dejar Akbar, llevaría consigo a la viuda y su hijo. No comentaría nada hasta que llegara la hora.

Podía ser que ella no deseara irse. Podía ser que no se hubiera dado cuenta de lo que sentía por ella, ya que él mismo había tardado en comprenderlo. Si esto sucediera, sería mejor, pues podría dedicarse enteramente a la expulsión de Jezabel y a la reconstrucción de Israel. Su mente estaría demasiado ocupada para pensar en el amor.

«El Señor es mi pastor —se dijo, recordando una vieja oración hecha por el rey David—. Refrigera mi alma, y llévame junto a las aguas reposantes.»

«Y no me dejará perder el sentido de mi vida», concluyó con sus propias palabras.

CIERTA TARDE LLEGÓ a la casa más pronto que de costumbre y encontró a la viuda sentada en el umbral.

—¿Qué estás haciendo?

—No tengo nada que hacer —respondió ella.

—Entonces aprende algo. En este momento, muchas personas ya desistieron de vivir. No se disgustan, no lloran, apenas esperan que el tiempo pase. No aceptan los desafíos de la vida, y la vida ya no las desafía más. Tú corres ese peligro; reacciona, enfréntate a la vida, no desistas.

—Mi vida volvió a tener sentido desde que tú llegaste —dijo ella con la mirada baja.

Por una fracción de segundo él sintió que podía dividir su corazón con ella. Pero decidió no arriesgarse; posiblemente ella se estaba refiriendo a otra cosa.

—Empieza a hacer algo —dijo cambiando de tema—. Así el tiempo será un aliado y no un enemigo.

—¿Qué puedo aprender?

Elías pensó un poco.

—La escritura de Biblos. Será útil si algún día tienes que viajar.

La mujer resolvió dedicarse a aquel estudio en cuerpo y alma. No había pensado jamás en salir de Akbar pero, por el modo en que él hablaba, quizás estuviera pensando en llevarla con él.

De nuevo se sintió libre. De nuevo se despertó de madrugada y caminó sonriendo por las calles de la ciudad.

—Elías continúa vivo —dijo el comandante al sacerdote, dos meses después—. No conseguiste asesinarlo.

—No hay en toda Akbar, un solo hombre que quiera cumplir esa misión. El israelita ha consolado a los enfermos, visitado a los presos, alimentado a los hambrientos. Cuando alguien tiene una disputa a resolver con el vecino, recurre a él y todos aceptan sus juicios, porque son justos. El gobernador se sirve de él para aumentar su propia popularidad, pero nadie se da cuenta.

—Los mercaderes no desean la guerra. Si el gobernador aumenta su popularidad hasta el punto de convencer a la gente de que la paz es mejor, nunca conseguiremos expulsar de aquí a los asirios. Es necesario matar a Elías pronto.

El sacerdote señaló la Quinta Montaña, siempre con su cima cubierta de nubes.

—Los dioses no permitirán que su país sea humillado por una fuerza extranjera. Ya lo arreglarán a su manera: verás que pasará algo y entonces sabremos aprovechar la oportunidad.

—¿Qué pasará?

—No lo sé. Pero estaré atento a las señales. No suministres más los datos correctos sobre las fuerzas asirias. Siempre que te pregunten algo, di que la proporción de los guerreros invasores aún es de cuatro a uno. Y continúa entrenando a tus tropas.

—¿Por qué tengo que hacer esto? ¡Si alcanzan la proporción de cinco a uno, estamos perdidos!

—No. Estaremos en condiciones de igualdad. Cuando comience el combate, no estarás luchando con un enemigo inferior, y no podrás ser considerado un cobarde que abusa de los débiles. El ejército de Akbar enfrentará a un adversario tan poderoso como él, y vencerá en la batalla porque su comandante desarrolló la mejor estrategia.

Halagada su vanidad, el comandante aceptó la propuesta y, a partir de aquel momento, comenzó a ocultar informaciones al gobernador y a Elías.

Pasaron otros dos meses y una mañana el ejército asirio alcanzó la proporción de cinco soldados por cada defensor de Akbar. En cualquier momento podían atacar.

Ya hacía algún tiempo que Elías sospechaba que el comandante le mentía respecto a la cuantía de las fuerzas enemigas, pero pensaba que esto terminaría funcionando a su favor: cuando la proporción alcanzase su punto crítico, sería fácil convencer a la población de que la paz era la única salida.

Meditaba sobre esto mientras se dirigía al lugar de la plaza donde, una vez cada siete días, acostumbraba ayudar a los habitantes a resolver sus disputas. Generalmente eran asuntos sin importancia: peleas entre vecinos, viejos que ya no querían pagar impuestos, comerciantes que se consideraban perjudicados en sus negocios.

El gobernador estaba allí. Solía aparecer de vez en cuando para verlo en acción. La antipatía que sintiera inicialmente por él había desaparecido por completo; descubrió que era un hombre sabio, preocupado por resolver los problemas antes de que surgieran, aun cuando no creyera en el mundo espiritual y tuviese mucho miedo de morir. En varias ocasiones, él hizo uso de su autoridad para dar a la decisión de Elías un valor de ley. Otras veces había discrepado de una sentencia, y el transcurso del tiempo le había dado la razón.

Akbar se estaba volviendo un modelo de ciudad fenicia. El gobernador había creado un sistema de impuestos más justo, había mejorado las calles y sabía administrar con inteligencia las ganancias obtenidas de las tasas sobre las mercancías. Hubo una época en la que Elías le pidió que acabara con el consumo de vino y cerveza, porque la mayoría de los casos que tenía que resolver estaban relacionados con agresiones de personas ebrias. El gobernador le contestó que una ciudad sólo era considerada grande justamente cuando ese tipo de cosas sucedían. Según la tradición, los dioses se ponían contentos cuando los hombres se divertían al finalizar su jornada de trabajo, y protegían a los borrachos.

Además, su región tenía fama de producir uno de los mejores vinos del mundo, y los extranjeros desconfiarían si sus propios habitantes no consumiesen la bebida. Elías respetó la decisión del gobernador y terminó aceptando que las personas alegres producen mejor.

—No necesitas esforzarte tanto —dijo el gobernador antes de que Elías comenzase su trabajo aquel día—. Un auxiliar sólo ayuda al gobierno con sus opiniones.

—Tengo nostalgias de mi tierra, y quiero volver allí. Mientras estoy ocupado en estas actividades consigo sentirme útil y olvidar que soy un extranjero —respondió.

«Y consigo controlar mejor mi amor por ella», pensó para sí.

El tribunal popular había pasado a contar con un público atento a lo que sucedía. Las personas comenzaron a llegar: algunos eran ancianos, que ya no tenían capacidad para trabajar en los campos y venían para aplaudir o rechazar las decisiones de Elías. Otros estaban directamente interesados en los asuntos que iban a ser tratados, sea porque hubieran sido víctimas, sea porque podrían ganar con el resultado. Había también mujeres y niños que, por falta de trabajo, tenían que ocupar en algo su tiempo libre.

Dio comienzo a los asuntos de aquella mañana: el primer caso era el de un pastor que había soñado con un tesoro escondido cerca de las pirámides de Egipto y necesitaba dinero para ir hasta allí. Elías nunca había estado en Egipto, pero sabía que estaba muy lejos, y le dijo que difícilmente podría conseguir el dinero pidiéndolo a otras personas; pero, si se decidiese a vender sus ovejas y pagar el precio de su sueño, seguramente encontraría lo que buscaba.

A continuación vino una mujer que deseaba aprender las artes mágicas de Israel. Elías le dijo que él no era un maestro, sino apenas un profeta.

Cuando se preparaba para encontrar una solución amistosa en el caso de un agricultor que había insultado y maldecido a la mujer de otro, un soldado apartó al público que tenía enfrente y se dirigió al gobernador:

—Una patrulla ha conseguido capturar a un espía —dijo, sudoroso, el recién llegado—. Están en camino hacia aquí.

Una oleada de agitación recorrió la audiencia; era la primera vez que asistirían a un juicio de esa clase.

—¡Muerte! —gritó alguien—. ¡Muerte al enemigo!

Todos los presentes asintieron, gritando. En un abrir y cerrar de ojos la noticia corrió por toda la ciudad, y la plaza se llenó. Los otros casos fueron juzgados con gran esfuerzo, pues a cada instante alguien interrumpía a Elías pidiendo que se presentara ya al extranjero.

—No puedo juzgar este tipo de caso —repetía él—. Esto corresponde a las autoridades de Akbar.

—¿Qué es lo que han venido a hacer aquí los asirios? —decía uno—. ¿No ven que estamos en paz desde hace muchas generaciones?

—¿Por qué desean nuestra agua? —gritó otro—. ¿Por qué amenazan a nuestra ciudad?

Hacía meses que nadie osaba referirse en público a la presencia del enemigo. Aunque todos viesen un número cada vez mayor de tiendas surgiendo en el horizonte, aunque los mercaderes comentasen que era necesario empezar en seguida las conversaciones de paz, el pueblo de Akbar se negaba a creer que vivieran bajo la amenaza de una invasión. Excepto por la incursión de alguna tribu insignificante (que era rápidamente dominada), las guerras existían apenas en la memoria de los sacerdotes. Ellos hablaban de una nación llamada Egipto, con caballos y carros de guerra, y dioses con formas de animales. Pero aquello había sucedido hacía muchísimo tiempo, Egipto ya no era un país importante, y los guerreros de piel oscura y lengua extraña ya habían retornado a su tierra. Ahora los habitantes de Tiro y Sidón dominaban los mares, extendían un nuevo imperio por el mundo y, aunque no fueran guerreros experimentados, habían descubierto una nueva manera de luchar: el comercio.

—¿Por qué están nerviosos? —preguntó el gobernador a Elías.

—Porque perciben que algo ha cambiado. Tanto tú como yo sabemos que a partir de ahora los asirios pueden atacar en cualquier momento. Tanto tú como yo sabemos que el comandante miente sobre el número de tropas enemigas.

—Pero no sería tan loco como para contárselo a nadie, estaría sembrando el pánico.

—Todo hombre percibe cuando está en peligro; comienza a reaccionar de manera extraña, a tener presentimientos, a sentir alguna cosa en el aire. E intenta engañarse, porque piensa que no va a conseguir enfrentar la situación. Ellos intentaron engañarse hasta ahora; pero llega un momento en que es preciso enfrentar la verdad.

El sacerdote llegó.

—Vamos al palacio, a reunir el Consejo de Akbar. El comandante ya está en camino.

—No lo hagas —dijo Elías en voz baja al gobernador—. Te forzarán a hacer algo que no quieres.

—¡Vamos! —insistió el sacerdote—. ¡Acabamos de apresar a un espía, y necesitamos tomar medidas urgentes!

—Haz el juicio en medio del pueblo —susurró Elías—. Ellos te ayudarán porque desean la paz, aunque estén pidiendo la guerra.

—¡Traed a este hombre aquí! —pidió el gobernador. La multitud dio gritos de alegría; por primera vez asistiría a un Consejo.

—¡No podemos hacer esto! —dijo el sacerdote—. ¡Es un asunto delicado, que precisa tranquilidad para ser resuelto!

Gritos, silbidos y protestas.

—Traedlo aquí —repitió el gobernador—, y su juicio se celebrará en esta plaza, en medio del pueblo. Hemos trabajado juntos para hacer de Akbar una ciudad próspera, y juntos juzgaremos a todo aquello que nos amenaza.

La decisión fue recibida con una salva de aplausos. Un grupo de soldados de Akbar apareció arrastrando a un hombre semidesnudo, cubierto de sangre. Debía de haber sido muy castigado antes de llegar allí.

Los ruidos cesaron. Un silencio pesado descendió sobre el público, y se podían oír los ruidos de los cerdos y de los niños que jugaban al otro extremo de la plaza.

—¿Por qué habéis hecho esto con el prisionero? —gritó el gobernador.

—Se resistió —respondió uno de los guardias—. Dijo que no era espía. Que había venido hasta aquí para hablar con usted.

El gobernador mandó traer tres sillas del palacio donde habitaba. Sus empleados trajeron el manto de la Justicia que acostumbraba a usar siempre que era necesaria una reunión del Consejo de Akbar.

Él y el sacerdote se sentaron. La tercera silla estaba reservada para el comandante, que aún no había llegado.

—Declaro solemnemente abierto el tribunal de la ciudad de Akbar. Que los ancianos se aproximen.

Un grupo de viejos se acercó de dos en dos, colocándose en semicírculo detrás de las sillas. Aquél era el consejo de ancianos. En los tiempos antiguos, sus opiniones eran respetadas y cumplidas; hoy en día, en cambio, su papel era apenas decorativo, estaban allí para aceptar todo lo que el gobernante decidiera.

Cumplidas algunas formalidades (como una oración a los dioses de la Quinta Montaña y la declamación de los nombres de algunos héroes antiguos), el gobernador se dirigió al prisionero:

—¿Qué es lo que quieres? —le preguntó.

El hombre no respondió. Lo encaraba de una manera extraña, como si fuese su igual.

—¿Qué es lo que quieres? —insistió el gobernador.

El sacerdote le tocó el brazo:

—Necesitamos un intérprete, no habla nuestra lengua.

Se dio la orden y uno de los guardias salió en busca de un comerciante que pudiese servir de intérprete. Los mercaderes no solían asistir a las sesiones que Elías realizaba; estaban siempre ocupados haciendo sus negocios y contando sus ganancias.

Mientras esperaban, el sacerdote susurró:

—Golpearon al prisionero porque tienen miedo. Permite que conduzca yo este juicio y no digas nada: el pánico pone a todos agresivos y, si no afianzamos la autoridad, podemos perder el control de la situación...

El gobernador no respondió. También tenía miedo. Buscó con sus ojos a Elías pero, desde el lugar donde estaba sentado, no podía verlo.

UN COMERCIANTE LLEGÓ, traído a la fuerza por un guardia. Protestó ante el tribunal porque le hacían perder su tiempo y tenía muchos asuntos que resolver. Pero el sacerdote, mirándolo con severidad, le pidió que se callara y se limitara a traducir la conversación.

—¿Qué te ha traído aquí? —preguntó el gobernador.

—No soy espía —respondió el hombre—. Soy uno de los generales del ejército. Vine para hablar contigo.

El auditorio, que estaba en silencio, comenzó a vociferar en cuanto la frase fue traducida. Decían que era mentira, y exigían pena de muerte inmediata.

El sacerdote pidió silencio y se dirigió al prisionero:

—¿Sobre qué deseas conversar?

—Hemos oído decir que el gobernador es hombre sabio —dijo el asirio—. No queremos destruir esta ciudad: lo que nos interesa es Tiro y Sidón. Pero Akbar está en medio del camino y controla este valle; si nos vemos obligados a luchar, perderemos tiempo y hombres. Yo vengo a proponer un trato.

«Este hombre está diciendo la verdad», pensó Elías. Había notado que estaba rodeado por un grupo de soldados que le tapaban la vista del lugar donde estaba sentado el gobernador. «El asirio piensa como nosotros. El Señor realizó el milagro que pondrá fin a esta situación peligrosa.»

El sacerdote se levantó y gritó al pueblo:

—¿Lo veis? ¡Nos quieren destruir sin combate!

—Continúa —dijo el gobernador.

El sacerdote, sin embargo, interfirió otra vez:

—Nuestro gobernador es un hombre bueno, que no desea derramar la sangre de un hombre. ¡Pero estamos en una situación de guerra, y el condenado que está ante vosotros es un enemigo!

—¡Tiene razón! —gritó alguien del público.

Elías se dio cuenta de su error. El sacerdote estaba jugando con el pueblo mientras que el gobernador intentaba solamente hacer justicia. Intentó aproximarse, pero fue empujado. Uno de los soldados lo retuvo por el brazo.

—Te esperarás aquí. Al fin y al cabo, la idea fue tuya.

Miró hacia atrás: era el comandante, que estaba sonriendo.

—No podemos escuchar ninguna propuesta —continuó el sacerdote, dejando fluir la emoción a través de sus gestos y palabras—. Si mostramos que queremos negociar, estaremos demostrando también que tenemos miedo. Y el pueblo de Akbar es valiente; está en condiciones de resistir cualquier invasión.

—Él es un hombre que busca la paz —dijo el gobernador dirigiéndose a la multitud.

Alguien dijo:

—Los mercaderes buscan la paz. Los sacerdotes desean la paz. Los gobernadores administran la paz. Pero un ejército sólo quiere una cosa: ¡guerra!

—¿No veis que conseguimos enfrentar la amenaza religiosa de Israel sin guerra? —gritó el gobernador—. No enviamos ejércitos ni barcos, enviamos a Jezabel. Ahora ellos adoran a Baal sin que hayamos tenido que sacrificar ni a un solo hombre en el frente de batalla.

—¡Ellos no han enviado a una bella mujer, sino a sus guerreros! —gritó el sacerdote, más alto aún.

El pueblo exigía la muerte del asirio. El gobernador sujetó al sacerdote por el brazo.

—¡Siéntate! —le ordenó—. ¡Estás yendo demasiado lejos!

—La idea del juicio fue tuya. O mejor: fue del traidor israelita, que parece dirigir los actos del gobernador de Akbar.

—Después me entenderé con él. Ahora necesitamos saber qué quiere realmente el asirio. Durante muchas generaciones, los hombres procuraron imponer su voluntad a través de la fuerza; decían lo que querían, pero no se preocupaban por saber lo que el pueblo pensaba, y todos estos imperios terminaron destruidos. Nuestro pueblo creció porque aprendió a escuchar. Así fue cómo desarrollamos nuestro comercio: escuchando lo que el otro desea y haciendo lo posible para conseguirlo. El resultado es el lucro.

El sacerdote movió negativamente la cabeza:

—Tus palabras parecen sabias, y éste es el peor de todos los peligros. Si estuvieras diciendo tonterías, sería fácil probar que estabas equivocado. Pero lo que acabas de decir nos conduce a una trampa.

Las personas que estaban en primera fila presenciaban la discusión. Hasta aquel momento, el gobernador siempre había procurado escuchar la opinión del Consejo, y Akbar tenía una reputación excelente, hasta el punto que Tiro y Sidón ya habían enviado emisarios para ver cómo era administrada. Su nombre ya había llegado a oídos del emperador y, con un poco de suerte, podría acabar sus días como ministro de la corte.

Hoy, su autoridad había sido desafiada en público. Si no se imponía perdería el respeto del pueblo, y ya no sería capaz de tomar decisiones importantes porque nadie le obedecería.

—¡Continúa! —le dijo al prisionero, ignorando la mirada furiosa del sacerdote y exigiendo que el intérprete tradujese su pregunta.

—Vine a proponer un trato —dijo el asirio—. Vosotros nos dejáis pasar y marcharemos contra Tiro y Sidón. Cuando estas ciudades hayan sido derrotadas (y ciertamente lo serán, porque gran parte de sus guerreros está en los barcos, cuidando el comercio) nosotros seremos generosos con Akbar. Y te mantendremos como gobernador.

—¡Lo veis! —dijo el sacerdote, levantándose nuevamente—, ¡ellos creen que nuestro gobernador es capaz de cambiar el honor de Akbar por un cargo!

La multitud aulló de rabia. ¡Aquel prisionero semidesnudo y herido quería imponer sus reglas! ¡Un hombre derrotado que proponía la rendición de la ciudad! Algunas personas se levantaron para agredirlo, y sólo con mucho esfuerzo los guardias lograron dominar la situación.

—¡Esperad! —dijo el gobernador, tratando de hablar más alto que todos—. Tenemos delante de nosotros a un hombre indefenso, que no nos puede causar miedo. Sabemos que nuestro ejército es el más preparado, y nuestros guerreros los más valientes. No necesitamos probar nada a nadie. Si resolvemos luchar, venceremos en el combate, pero las pérdidas serán enormes.

Elías cerró los ojos y rezó para que el gobernador consiguiera convencer al pueblo.

—Nuestros antepasados nos hablaban del imperio egipcio, pero ese tiempo ya terminó —prosiguió—. Ahora estamos volviendo a la Edad de Oro, nuestros padres y nuestros abuelos pudieron disfrutar de la paz. ¿Por qué vamos a ser nosotros quienes rompamos esa tradición? Las guerras modernas se libran en el comercio y no en los campos de batalla.

Poco a poco la multitud iba quedando silenciosa. ¡El gobernador lo estaba consiguiendo!

Cuando el ruido cesó, él se dirigió al asirio:

—No basta lo que propones. Tendréis que pagar las mismas tasas que los mercaderes pagan para atravesar nuestras tierras.

—Créeme, gobernador: vosotros no tenéis elección —respondió el prisionero—. Tenemos hombres suficientes para arrasar esa ciudad y matar a todos sus habitantes. Lleváis demasiado tiempo en paz y ya no sabéis cómo luchar, mientras que nosotros estamos conquistando el mundo.

Los murmullos reaparecieron entre la concurrencia. Elías pensaba: «Él no puede mostrarse inseguro ahora.» Pero estaba resultando difícil tratar con el prisionero asirio que, aun subyugado, imponía sus condiciones. A cada momento llegaban más personas. Elías notó que los comerciantes habían abandonado sus trabajos y ahora formaban parte del público, preocupados por el desarrollo de los acontecimientos. El juicio había adquirido una importancia peligrosa: no había ya posibilidad de eludir una decisión, fuese la negociación o la muerte.

Los espectadores comenzaron a dividirse; unos defendían la paz, otros exigían que Akbar resistiera. El gobernador susurró al sacerdote:

—Este hombre me desafió en público. Pero tú también.

El sacerdote se inclinó hacia él y hablando muy bajo, de manera que nadie pudiera escucharlo, le dijo que condenase a muerte inmediatamente al asirio.

—No lo estoy pidiendo, lo estoy exigiendo. Soy yo quien te mantiene en el poder, y puedo acabar con esto en el momento en que quiera, ¿entiendes? Conozco sacrificios capaces de aplacar la ira de los dioses cuando nos vemos obligados a sustituir a la familia gobernante. No será la primera vez: hasta incluso en Egipto, un imperio que duró miles de años, hubo muchos casos de dinastías que fueron sustituidas. Aun así, el Universo continuó en orden y el cielo no se desplomó sobre nuestras cabezas.

El gobernador empalideció.

—El comandante está en medio de la muchedumbre, con algunos de sus soldados. Si insistes en negociar con este hombre, yo diré que todos los dioses te han abandonado, y serás destituido. Vamos a continuar el juicio. Y harás exactamente lo que yo te mande.

Si Elías hubiera estado a la vista, el gobernador aún hubiera tenido una salida: pedir al profeta israelita que explicara cómo vio a un ángel en la cima de la Quinta Montaña, y recordar la historia de la resurreción del hijo de la viuda. Y sería la palabra de Elías —que ya se mostró capaz de hacer milagros— contra la palabra de un hombre que jamás había demostrado ningún poder sobrenatural.

Pero Elías lo había abandonado, y él no tenía elección. Además, sólo se trataba de un prisionero, y ningún ejército en el mundo empieza una guerra porque perdió un soldado.

—Has ganado esta partida —le dijo al sacerdote, pensando que algún día le devolvería la jugada.

El sacerdote asintió con la cabeza. El veredicto fue anunciado en seguida:

—Nadie desafía a Akbar —dijo el gobernador— y nadie entra en nuestra ciudad sin el permiso de su pueblo. Has intentado hacerlo, y por ello estás condenado a muerte.

Desde el lugar donde estaba, Elías bajó los ojos. El comandante sonreía.

El prisionero, acompañado de una multitud cada vez mayor, fue conducido hasta un terreno al lado de las murallas. Allí arrancaron lo que quedaba de sus ropas y lo dejaron desnudo. Uno de los soldados lo empujó hacia el fondo de una depresión del terreno. El pueblo se aglomeró en torno del agujero. Se empujaban unos a otros para poder ver mejor.

—Un soldado usa con orgullo su ropa de guerra, y se hace visible al enemigo, porque es valeroso. Un espía se viste de mujer, porque es cobarde —gritó el gobernador, para que todos lo escuchasen—. Por eso te condeno a dejar esta vida sin la dignidad de los bravos.

El pueblo escarneció al prisionero y aplaudió al gobernador.

el prisionero decía algo, pero el intérprete ya no estaba cerca y nadie podía entenderlo. Elías consiguió por fin abrirse camino y acercarse al gobernador, sólo que ahora ya era tarde. Cuando tocó su manto, fue rechazado con violencia.

—¡La culpa es tuya; quisiste un juicio público!

—No, es tuya —respondió Elías—. Aunque el Consejo de Akbar se hubiese reunido en secreto, el comandante y el sacerdote habrían hecho lo que querían. Yo estuve rodeado por guardias durante todo el proceso. Ya lo tenían todo planeado.

La costumbre decía que correspondía al sacerdote escoger la duración del suplicio. Él se inclinó, cogió una piedra y la extendió al gobernador: no era tan grande como para permitir una muerte rápida ni tan pequeña como para prolongar el sufrimiento por mucho tiempo.

—Tú primero.

—Estoy siendo obligado a esto —dijo el gobernador en voz baja, de manera que sólo el sacerdote lo escuchase—, pero sé que es el camino equivocado.

—Durante todos esos años me obligaste a tomar las actitudes más duras, mientras disfrutabas del resultado de las decisiones que agradaban al pueblo —respondió el sacerdote, también en voz baja—. Yo tuve que enfrentar la duda y la culpa, y pasé noches sin dormir perseguido por los fantasmas de los errores que pudiera haber cometido. Pero porque no me acobardé, Akbar es hoy una ciudad envidiada por el mundo entero.

Las personas buscaron piedras del tamaño elegido. Durante algún tiempo, todo lo que se oía era el ruido de guijarros y rocas entrechocándose. El sacerdote prosiguió:

—Puedo estar equivocado en condenar a muerte a este hombre. Pero estoy acertado en relación al honor de nuestra ciudad; no somos traidores.

El gobernador levantó la mano y tiró la primera piedra; el prisionero la esquivó. Pero en seguida la multitud, entre gritos e insultos, comenzó a apedrearlo.

El hombre intentaba defender su rostro con los brazos, y las piedras golpeaban su pecho, sus espaldas, su estómago. El gobernador quería irse; ya había visto aquello muchas veces, sabía que la muerte era lenta y dolorosa, que el rostro se convertiría en un amasijo de huesos, cabellos y sangre, que las personas continuarían arrojando piedras incluso después de que la vida hubiera abandonado aquel cuerpo.

En pocos minutos el prisionero abandonaría su defensa y bajaría los brazos; si hubiese sido un hombre bueno durante esta vida, los dioses guiarían una de las piedras, que alcanzaría la parte frontal del cráneo, provocando el desmayo. Caso contrario (si hubiese cometido maldades) quedaría consciente hasta el minuto final.

La multitud vociferaba, tiraba piedras con ferocidad creciente y el condenado procuraba defenderse de la mejor manera posible. De repente, sin embargo, abrió los brazos y habló una lengua que todos podían entender. Sorprendida, la multitud interrumpió la lapidación.

—¡Viva Asiria! —gritó—. ¡En este momento contemplo la imagen de mi pueblo y muero feliz, porque muero como un general que intentó salvar la vida de sus guerreros. Voy hacia la compañía de los dioses y estoy contento porque sé que conquistaremos esta tierra!

—¿Has visto? —dijo el sacerdote—: escuchó y entendió toda nuestra conversación durante el juicio.

El gobernador asintió. El hombre hablaba su lengua, y ahora sabía que había divisiones en el Consejo de Akbar.

—Yo no estoy en el infierno, porque la visión de mi país me da dignidad y fuerza. La visión de mi país me proporciona alegría. ¡Viva Asiria! —gritó nuevamente.

Recobrada del susto, la multitud volvió a tirar piedras. El hombre mantuvo los brazos abiertos, sin intentar ninguna defensa: era un guerrero valiente. Segundos después, la misericordia de los dioses se hizo notar: una piedra golpeó su frente y él se desmayó.

—Podemos salir ahora —dijo el sacerdote—; el pueblo de Akbar se encargará de terminar la tarea.

Elías no volvió a casa de la viuda. Comenzó a pasear por el desierto, sin saber exactamente adónde quería ir.

—El Señor no hizo nada —les decía a las plantas y a las rocas—, y podría haberlo hecho.

Se arrepentía de su decisión y se juzgaba culpable de la muerte de otro hombre más. Si hubiera aceptado la idea de que el Consejo de Akbar se reuniera secretamente, el gobernador hubiera podido llevarlo consigo. Entonces habrían sido dos contra el sacerdote y el comandante. Las oportunidades hubieran continuado siendo escasas, pero siempre mayores que en el juicio público.

Peor aún: había quedado impresionado por la manera como el sacerdote se había dirigido a la multitud; aun rechazando todo lo que decía, era preciso reconocer que allí había alguien con un profundo conocimiento del liderazgo. Procuraría recordar cada detalle de lo que había visto ya que algún día, en Israel, tendría que enfrentar al rey y a la princesa de Tiro.

Anduvo sin rumbo, contemplando las montañas, la ciudad y el campamento asirio a la distancia. Él era apenas un punto en aquel valle, y había un mundo inmenso a su alrededor, un mundo tan grande que, aunque viajara su vida entera, no conseguiría llegar hasta el lugar donde terminaba. Sus amigos, y sus enemigos, tal vez comprendiesen mejor la tierra donde vivían; podían viajar hacia países distantes, navegar por los mares desconocidos, amar sin culpa a una mujer. Ninguno de ellos escuchaba ya a los ángeles de la infancia, ni se proponía luchar en nombre del Señor. Vivían sus existencias de acuerdo con el momento presente, y eran felices.

Él también era una persona como todas las otras y, en este momento en que paseaba por el valle, deseaba más que nunca no haber escuchado jamás la voz del Señor ni de sus ángeles.

Pero la vida no está hecha de deseos y sí de los actos de cada uno. Se acordó de que varias veces ya había intentado desistir de su misión y, sin embargo, se encontraba allí, en medio de aquel valle, porque el Señor así se lo había exigido.

«Podí haber sido sólo una carpintero, Dios mío, y continuaría siendo útil a Tu trabajo.»

Pero allí estaba Elías, cumpliendo lo que le había sido exigido, cargando sobre sus hombros el peso de la guerra por venir, la masacre de los profetas por Jezabel, el apedreamiento del general asirio, el miedo de su amor por una mujer de Akbar. El Señor le había dado un regalo, y él no sabía qué hacer con él.

En medio del valle surgió la luz. No era su ángel de la guarda, al que siempre escuchaba pero pocas veces veía. Era un ángel del Señor, que venía a consolarlo.

—Ya no puedo hacer nada más aquí —dijo Elías—. ¿Cuándo volveré a Israel?

—Cuando aprendas a reconstruir —respondió el ángel—. Pero acuérdate de lo que Dios enseñó a Moisés antes de una lucha. Disfruta cada momento, para que después no te arrepientas ni sientas que perdiste tu juventud. A cada edad de un hombre, el Señor le da sus propias inquietudes.

Dijo el Señor a Moisés:

«No tengáis miedo, ni desfallezca vuestro corazón antes del combate, ni os aterroricéis ante vuestros enemigos. El hombre que plantó una viña y aún no disfrutó de ella, que lo haga pronto, para que no muera en la lucha y otro la disfrute. El hombre que ama a una mujer y aún no la recibió, que vaya y regrese a su casa, para que no muera en la lucha, y otro hombre la reciba.»

ELÍAS AÚN CAMINÓ ALGÚN TIEMPO, procurando entender lo que había escuchado. Cuando se preparaba para volver a Akbar, vio que la mujer que amaba estaba sentada en una piedra, delante de la Quinta Montaña, a algunos minutos de camino del lugar donde se encontraba.

«¿Qué estará haciendo allí? ¿Se habrá enterado del juicio, de la condena a muerte y de los riesgos que vamos a correr?»

Tenía que ponerla sobre aviso inmediatamente. Decidió acercarse.

Ella notó su presencia y le saludó. Elías parecía haber olvidado las palabras del ángel, porque la inseguridad retornó de golpe. Procuró fingir que estaba ocupado con los problemas de la ciudad para que ella no notase lo confusos que estaban tanto su mente como su corazón.

—¿Qué haces por aquí? —le preguntó en cuanto estuvo cerca.

—Vine en busca de un poco de inspiración. La escritura que estoy aprendiendo me hizo pensar en el diseño de los valles, de los montes, de la ciudad de Akbar. Algunos comerciantes me dieron tintas de todos los colores, porque desean que yo escriba para ellos. Pensé en usarlas para describir el mundo en que vivo, pero sé que es difícil: aunque tenga los colores, sólo el Señor consigue mezclarlos con tanta armonía.

Ella mantuvo su mirada fija en la Quinta Montaña. Era una persona completamente diferente de aquella que encontrara unos meses atrás, juntando leña en la entrada de la ciudad. Su presencia solitaria en medio del desierto le inspiraba confianza y respeto.

—¿Por qué todas las otras montañas tienen nombre, excepto la Quinta Montaña, que es designada por un número? —preguntó Elías.

—Para no provocar una pelea entre los dioses —respondió ella—. La tradición cuenta que si el hombre le hubiera dado a aquella montaña el nombre de un dios especial, los otros se habrían puesto furiosos y habrían destruido la Tierra. Por eso se llama Quinta Montaña; porque es la quinta montaña que vemos más allá de las murallas. De esta manera no ofendemos a nadie y el Universo continúa en su lugar.

Se quedaron callados algún tiempo. La mujer rompió el silencio:

—Además de reflexionar sobre los colores, pienso también en el peligro de la escritura de Biblos. Ella puede ofender a los dioses fenicios y al Señor nuestro Dios.

—Sólo existe el Señor —interrumpió Elías—, y todos los países civilizados tienen su escritura.

—Pero es diferente. Cuando era niña, acostumbraba ir hasta la plaza para contemplar el trabajo que el pintor de palabras hacía para los mercaderes. Sus dibujos, basados en la escritura egipcia, exigían pericia y conocimiento. Ahora el antiguo y poderoso Egipto está en decadencia, sin dinero para comprar nada, y ya nadie usa su lenguaje; los navegantes de Tiro y Sidón, en cambio, están difundiendo la escritura de Biblos por el mundo entero. Las palabras y ceremonias sagradas pueden ser colocadas en tablillas de barro y transmitidas de un pueblo a otro. ¿Qué será del mundo si personas sin escrúpulos empiezan a usar los rituales para interferir en el Universo?

Elías entendía lo que la mujer estaba diciendo. La escritura de Biblos estaba basada en un sistema muy simple: bastaba transformar los dibujos egipcios en sonidos y después designar una letra para cada sonido. Colocando estas letras en orden, se podían crear todos los sonidos posibles y describir todo lo que existía en el Universo.

Algunos de estos sonidos eran muy difíciles de pronunciar. La dificultad fue resuelta por los griegos, que añadieron cinco letras más, llamadas *vocales*, a los veintitantos caracteres de Biblos. A esta adaptación la llamaron *alfabeto*, nombre que ahora se utiliza para designar al conjunto de la nueva escritura.

Esto había facilitado notablemente el contacto comercial entre las diversas culturas. El sistema egipcio exigía mucho espacio y habilidad para dar forma gráfica a las ideas, y un profundo conocimiento para interpretarlas; había sido impuesto a los pueblos conquistados, pero no consiguió sobrevivir a la decadencia del imperio. El sistema de Biblos, en cambio, se propagaba rápidamente por el mundo, y ya no dependía de la fuerza económica de Fenicia para ser adoptado.

El método de Biblos, con la adaptación griega, había agradado a los mercaderes de las diversas naciones; como venía sucediendo desde tiempos antiguos, eran ellos quienes decidían lo que debía permanecer en la Historia, y lo que desaparecería con la muerte de tal rey o tal personaje. Todo indicaba que la invención fenicia estaba destinada a ser la lengua común de los negocios, sobreviviendo a sus navegantes, sus reyes, sus princesas seductoras, sus productores de vino y sus maestros vidrieros.

—¿Dios desaparecerá de las palabras? —preguntó la mujer.

—Continuará en ellas —respondió Elías—, pero cada persona será responsable ante Él por todo lo que escriba.

Ella sacó de la manga de su ropa una tablilla de barro, con alguna cosa escrita.

—¿Qué significa? —preguntó Elías.

—Es la palabra *amor.*

Elías mantuvo la tablilla en las manos, sin valor para preguntar por qué le había entregado aquello. En aquel pedazo de arcilla, unos cuantos trazos resumían la causa de que las estrellas continuaran en el cielo y los hombres caminaran por la tierra.

Hizo un gesto de intentar devolverla, pero ella lo rechazó.

—Lo escribí para ti. Conozco tu responsabilidad, sé que un día tendrás que partir y que te transformarás en un enemigo de mi país, ya que deseas aniquilar a Jezabel. Ese día es posible que yo esté a tu lado, dándote apoyo para que cumplas bien tu tarea, o puede ser que luche contra ti, porque la sangre de Jezabel es la sangre de mi país. Esta palabra que ahora tienes en tus manos, está repleta de misterios. Nadie puede saber lo que ella despierta en el corazón de una mujer, ni siquiera los profetas que conversan con Dios.

—Conozco la palabra que escribiste —dijo Elías guardando la tablilla en un borde de su manto—. He luchado día y noche contra ella porque, aunque no sepa lo que ella despierta en el corazón de una mujer, sé lo que es capaz de hacer con un hombre. Tengo valor suficiente para enfrentar al rey de Israel, a la princesa de Sidón y al Consejo de Akbar, pero esta única palabra, *amor*, me causa un terror profundo. Antes de que tú la dibujaras en la tablilla, tus ojos ya la habían escrito en mi corazón.

Los dos quedaron en silencio. Había la muerte del asirio, el clima de tensión en la ciudad, el llamado del Señor que podía ocurrir en cualquier momento; pero la palabra que ella había escrito era más poderosa que todo esto.

Elías extendió su mano y ella la tomó. Quedaron así hasta que el sol se escondió detrás de la Quinta Montaña.

—Gracias —dijo ella en el camino de regreso— Hacía mucho tiempo que deseaba pasar un atardecer contigo.

Cuando llegaron a la casa, les aguardaba un emisario del gobernador. Pedía que Elías fuera inmediatamente a verlo.

—HAS PAGADO MI APOYO CON tu cobardía —dijo el gobernador—. ¿Qué tengo que hacer con tu vida?

—No viviré un segundo más de lo que el Señor desee —respondió Elías—. Es Él quien decide, no tú.

El coraje de Elías causó admiración en el gobernador.

—Puedo decapitarte ahora. O puedo arrastrarte por las calles de la ciudad, diciendo que trajiste la maldición a nuestro pueblo —dijo—, y no será una decisión de tu Dios Único.

—Lo que esté escrito en mi destino, así sucederá. Pero quiero que sepas que no me escondí; los soldados del comandante me impidieron acercarme. Él desea la guerra, y hará cualquier cosa para conseguir que estalle.

El gobernador decidió no perder más tiempo en aquella discusión inútil. Necesitaba explicar su plan al profeta israelita.

—No es el comandante quien desea la guerra; como buen militar, tiene conciencia de que su ejército es inferior, sin experiencia, y será diezmado por el ejército enemigo. Como un hombre de honor, sabe que se arriesga a ser motivo de vergüenza para sus descendientes. Pero el orgullo y la vanidad endurecieron su corazón.

»Él cree que el enemigo tiene miedo. No sabe que los guerreros asirios están bien entrenados: en cuanto entran en el ejército, plantan un árbol, y todos los días saltan por encima del lugar donde está la semilla. La semilla se transforma en brote, y ellos saltan por encima. El brote se transforma en planta, y ellos continúan saltando. No les molesta ni lo consideran una pérdida de tiempo. Poco a poco el árbol va creciendo, y los guerreros van saltando más alto. Así, ellos se preparan con paciencia y dedicación para superar los obstáculos.

»Están acostumbrados a conocer bien un desafío. Hace meses que nos observan.

Elías interrumpió al gobernador:

—¿A quién interesa la guerra?

—Al sacerdote. Me di cuenta durante el juicio al prisionero asirio.

—¿Por qué razón?

—No lo sé. Pero fue lo suficientemente hábil para convencer al comandante y al pueblo. Ahora la ciudad entera está a su lado, y yo sólo veo una salida para la difícil situación en que nos encontramos.

Hizo una larga pausa y miró al israelita fijamente a los ojos:

—Tú.

El gobernador comenzó a andar de un lado a otro, hablando rápidamente y demostrando su nerviosismo.

—Los comerciantes también desean la paz, pero no pueden hacer nada. Además, se han enriquecido lo suficiente como para instalarse en otra ciudad y esperar a que los conquistadores empiecen a comprar sus productos. El resto de la gente ha perdido la razón, y pide que ataquemos a un enemigo infinitamente superior. Lo único que puede hacerlos cambiar de idea es un milagro.

Elías se puso tenso.

—¿Un milagro?

—Tú resucitaste a un niño que la muerte ya se había llevado. Has ayudado al pueblo a encontrar su camino y, aunque eres extranjero, casi todos te quieren.

—La situación era así hasta esta mañana —dijo Elías—. Pero

ahora cambió. En el ambiente que acabas de describir, todo aquel que defienda la paz será considerado un traidor.

—No quiero que defiendas nada. Quiero que hagas un milagro tan grande como la resurrección del niño. Entonces dirás al pueblo que la paz es la única salida y él te escuchará. El sacerdote perderá por completo el poder que posee.

Hubo un momento de silencio. El gobernador continuó:

—Estoy dispuesto a hacer un trato: si haces lo que te pido, la religión del Dios Único será obligatoria en Akbar. Tú agradarás a Aquel a quien sirves y yo conseguiré negociar las condiciones de paz.

Elías subió hasta el piso superior de la casa, donde estaba su habitación. Tenía en sus manos, en aquel momento, una oportunidad que ningún profeta tuviera antes: convertir una ciudad fenicia. Sería la manera más dolorosa para Jezabel de mostrarle que tenía que pagar un precio por lo que hiciera en su país.

Estaba excitado por la proposición del gobernador, y hasta llegó a pensar en despertar a la mujer que dormía abajo, pero cambió de idea: ella debía de estar soñando con la hermosa tarde que habían pasado juntos.

Invocó a su ángel, y éste apareció:

—Has escuchado la propuesta del gobernador —dijo Elías—. Es una oportunidad única.

—Nada es una oportunidad única —respondió el ángel—. El Señor concede a los hombres muchas oportunidades. Además, recuerda lo que te fue dicho: no se te permitirá ningún otro milagro hasta que retornes al seno de tu patria.

Elías bajó la cabeza. En ese momento, el ángel del Señor surgió y silenció a su ángel de la guarda. Y dijo:

He aquí tu próximo milagro:

Reunirás a todo el pueblo delante de la montaña. De un lado, mandarás que sea erigido un altar a Baal, y un novillo le será entregado. Del otro lado, erigirás un altar al Señor tu Dios, y sobre él también colocarás un novillo.

Y dirás a los adoradores de Baal: invocad el nombre de vuestro dios, que yo invocaré el nombre del Señor. Deja que ellos lo hagan primero; y que pasen toda la mañana rezando y clamando, pidiendo que Baal descienda para recibir lo que le está siendo ofrecido.

Ellos clamarán en voz alta, y se herirán con sus puñales, y pedirán que el novillo sea recibido por el dios, pero nada sucederá.

Cuando se cansen, tú llenarás cuatro vasijas con agua, y la derramarás sobre tu novillo. Harás esto una segunda vez. Y harás esto aún una tercera vez. Entonces invocarás al Dios de Abraham, de Isaac y de Israel, pidiendo que muestre todo Su poder.

En este momento, el Señor enviará el fuego del cielo, y consumirá tu sacrificio.

ELÍAS SE ARRODILLÓ y dio las gracias.

«*NO OBSTANTE* —CONTINUÓ el ángel—, *este milagro sólo puede ser realizado una única vez en tu vida. Escoge si quieres hacerlo aquí, para evitar una batalla, o si quieres realizarlo en tu tierra, para librar a los tuyos de la amenaza de Jezabel.*

Y EL ÁNGEL del Señor se fue.

La mujer se despertó temprano, y vio a Elías sentado en la solera de la puerta. Sus ojos estaban hundidos, como si no hubiera dormido.

Le hubiera gustado preguntarle qué había pasado la noche anterior, pero temía su respuesta. Era posible que la noche en vela hubiese sido provocada por la conversación con el gobernador y por la amenaza de guerra; pero también podía tener otra causa: la tablilla de barro que le había entregado. Entonces, si suscitase el tema, se arriesgaba a escuchar que el amor de una mujer no era compatible con los designios de Dios.

—Ven a comer algo —fue su único comentario.

Su hijo también se despertó. Los tres se sentaron a la mesa y comieron.

—Me hubiera gustado quedarme contigo ayer —dijo Elías—, pero el gobernador me necesitaba.

—No te preocupes por él —dijo ella, sintiendo que su corazón empezaba a tranquilizarse—. Su familia gobierna Akbar desde muchas generaciones, y sabrá qué hacer ante la amenaza.

—También conversé con un ángel. Y él me exigió una decisión muy difícil.

—Tampoco debes inquietarte por causa de los ángeles; quizás sea mejor pensar que los dioses cambian con el tiempo. Mis antepasados adoraban a los dioses egipcios, que tenían forma de animales. Estos dioses partieron y, hasta que tú llegaste, fui educada para hacer sacrificios a Astarté, El, Baal y todos los habitantes de la Quinta Montaña. Ahora conocí al Señor, pero puede ser que él también nos deje un día, y los próximos dioses sean menos exigentes.

El niño pidió un poco de agua. No había.

—Iré a buscarla —dijo Elías.

—Quiero ir contigo —dijo el niño.

Los dos salieron en dirección al pozo. En el camino pasaron por el lugar donde el comandante entrenaba, desde temprano, a sus soldados.

—Vamos a mirar un poco —dijo el chico—. Yo seré soldado cuando crezca.

Elías hizo lo que le pedía.

—¿Cuál de nosotros es mejor en el uso de la espada? —preguntaba un guerrero.

—Ve hasta el sitio donde el espía fue lapidado ayer —dijo el comandante—; coge una piedra e insúltala.

—¿Por qué tengo que hacer esto? La piedra no me responderá.

—Entonces, atácala con la espada.

—Mi espada se romperá —dijo el soldado—. Y no fue esto lo que pregunté; yo quiero saber quién es mejor en el uso de la espada.

—El mejor es el que se parece a una piedra —respondió el comandante—. Sin desenvainar la espada, consigue probar que nadie podrá vencerlo.

«El gobernador tiene razón: el comandante es un sabio —pensó Elías—. Pero toda sabiduría es completamente ofuscada por el brillo de la vanidad.»

Continuaron su caminata. El niño preguntó por qué los soldados se entrenaban tanto.

—No solamente los soldados. También tu madre, y yo, y

aquellos que siguen a su corazón. Todo en la vida exige entrenamiento.

—¿También para ser profeta?

—También para entender a los ángeles. Queremos tanto hablar con ellos que no escuchamos lo que nos están diciendo. No es fácil escuchar: en nuestras plegarias siempre procuramos decir dónde nos equivocamos y lo que nos gustaría que nos sucediera. Pero el Señor ya sabe todo esto, y a veces nos pide apenas que escuchemos lo que el Universo nos dice. Y que tengamos paciencia.

El niño miraba, sorprendido. No debía de estar entendiendo nada y, aun así, Elías sentía la necesidad de continuar la conversación. Podía ser que, cuando creciese, alguna de sus palabras pudiese ayudarlo en una situación difícil.

—Todas las batallas en la vida sirven para enseñarnos algo, inclusive aquellas que perdemos. Cuando crezcas, descubrirás que ya defendiste mentiras, te engañaste a ti mismo o sufriste por tonterías. Si eres un buen guerrero, no te culparás por ello, pero tampoco dejarás que tus errores se repitan.

Resolvió callarse; un niño de aquella edad no podía comprender lo que estaba diciendo. Caminaban lentamente, y Elías contemplaba las calles de la ciudad que un día lo había acogido y que ahora estaba próxima a desaparecer. Todo dependía de la decisión que él tomase.

Akbar estaba más silenciosa que de costumbre. En la plaza central, las personas conversaban en voz baja, como si tuviesen temor de que el viento llevase sus palabras hasta el campamento asirio. Los más viejos aseguraban que no pasaría nada, los jóvenes estaban animados con la posibilidad de lucha, los mercaderes y artesanos hacían planes para trasladarse a Tiro y Sidón hasta que las cosas se calmasen.

«Para ellos es fácil partir —pensó—. Los mercaderes pueden transportar sus bienes a cualquier parte del mundo. Los artesanos pueden trabajar incluso en los lugares donde se habla una lengua extraña. Yo, no obstante, necesito el permiso del Señor.»

Llegaron al pozo y llenaron dos vasijas de agua. Generalmente aquel lugar estaba siempre muy concurrido; las mujeres se reunían para lavar, teñir los tejidos y comentar todo lo que pasaba en la ciudad. Ningún secreto podía subsistir cerca del pozo; las novedades sobre el comercio, las traiciones familiares, los problemas entre vecinos, la vida íntima de los gobernantes, todos los asuntos (serios o superficiales) eran discutidos, comentados, criticados o aplaudidos allí. Incluso durante los meses en que la fuerza enemiga había ido creciendo sin parar, Jezabel, la princesa que había conquistado al rey de Israel, continuaba siendo el tema preferido. Elogiaban su entereza, su coraje, y estaban seguros de que si algo le pasara a la ciudad, ella retornaría a su país para vengarlos.

Aquella mañana, sin embargo, no había casi nadie. Las pocas mujeres que estaban allí decían que era preciso ir al campo y recoger el máximo posible de cereales porque los asirios cerrarían en breve las entradas y salidas de la ciudad. Dos de ellas hacían planes para ir a la Quinta Montaña a ofrecer sacrificios a los dioses, pues no querían que sus hijos muriesen en combate.

—El sacerdote dijo que podemos resistir durante muchos meses —comentó una de ellas a Elías—. Basta tener el valor necesario para defender el honor de Akbar y los dioses nos ayudarán.

El niño se asustó.

—¿Nos van a atacar?

Elías no respondió; dependía de la elección que el ángel le propusiera la noche anterior.

—Tengo miedo —insistió el chico.

—Esto prueba que te gusta vivir. Es normal sentir miedo en los momentos de peligro.

Elías y el niño regresaron a la casa antes de que terminara la mañana. La mujer estaba rodeada de pequeñas vasijas, con tintas de diversos colores.

—Tengo que trabajar —dijo ella mirando las letras y frases inacabadas—. Por causa de la sequía, la ciudad está llena de polvo. Los pinceles están siempre sucios, la tinta se mezcla con el polvo, y todo se hace más difícil.

Elías permaneció callado: no quería compartir sus preocupaciones con ella. Se sentó en un rincón de la sala y quedó absorto en sus pensamientos. El niño salió para jugar con sus amigos.

«Necesita silencio», se dijo la mujer y procuró concentrarse en su trabajo.

Tardó el resto de la mañana para completar algunas palabras que podrían haber sido escritas en la mitad de tiempo; y se sintió culpable por no poder estar haciendo lo que se esperaba de ella. Al fin y al cabo, por primera vez en su vida tenía la oportunidad de mantener a su familia.

Volvió al trabajo. Estaba usando el papiro, material que un mercader llegado de Egipto le había traído unos días atrás, pidiéndole que anotase algunos mensajes comerciales que tenía que enviar a Damasco. La hoja no era de la mejor calidad, y la tinta se diluía a cada momento. «Aun con estas dificultades, es mejor que dibujar en el barro», se dijo.

LOS PAÍSES VECINOS tenían la costumbre de mandar sus mensajes en placas de arcilla o en cuero de animales. Aunque Egipto fuera un país en decadencia, con una escritura que había quedado anticuada, por lo menos había descubierto una manera práctica y ligera de registrar su comercio y su historia; cortaban en finas tajadas una planta que nacía en las márgenes del Nilo y conseguían, por un proceso simple, pegar esas tajadas una al lado de la otra, formando una hoja levemente amarillenta. Akbar necesitaba importar el papiro, porque era imposible cultivarlo en el valle. Aunque fuese caro, los mercaderes preferían usarlo, pues podían llevar las hojas escritas en su bolso, lo que les resultaba imposible con las tablillas de arcilla o las pieles de animales.

«Todo se está simplificando», pensó. Lástima que fuera necesaria la autorización del gobierno para usar el alfabeto de Biblos sobre el papiro. Alguna ley desfasada aún continuaba obligando a pasar todos los textos escritos por la fiscalización del Consejo de Akbar.

En cuanto terminó el trabajo se lo mostró a Elías, que había pasado todo el tiempo mirando, sin comentar nada.

—¿Te gusta? —le preguntó.

Él pareció salir de un trance.

—Sí, es bonito —respondió, sin prestar atención a lo que decía.

Debía de estar conversando con el Señor. Y ella no quería interrumpirlo. Salió y fue a llamar al sacerdote.

CUANDO VOLVIÓ ACOMPAÑADA por él, Elías aún continuaba sentado en el mismo lugar. Los dos hombres se miraron cara a cara, en silencio. Fue el sacerdote quien, al cabo de un tiempo, lo rompió.

—Eres un profeta y hablas con los ángeles. Yo sólo interpreto las leyes antiguas, ejecuto rituales y procuro defender a mi pueblo de los errores que comete. Por eso sé que ésta no es una lucha entre hombres. Es una batalla de los dioses, y no debo evitarla.

—Admiro tu fe, aun cuando adores a dioses que no existen —respondió Elías—. Si la situación actual es, como dices, digna de una batalla celestial, el Señor me usará como instrumento para derrotar a Baal y a sus compañeros de la Quinta Montaña. Te habría convenido más ordenar mi muerte.

—Ya pensé en ello, pero no fue necesario. En el momento justo, los dioses actuaron en mi favor.

Elías no respondió. El sacerdote se volvió y cogió el papiro donde la mujer acababa de escribir su texto.

—Está bien hecho —comentó.

Después de leerlo cuidadosamente, se sacó su anillo del dedo, lo mojó en una de las pequeñas vasijas de tinta y aplicó su sello en el canto izquierdo. Si alguien fuese descubierto llevando un papiro sin el sello del sacerdote, podría ser condenado a muerte.

—¿Por qué tiene usted que hacer esto siempre? —preguntó ella.

—Porque estos papiros transportan ideas —respondió él—. Y las ideas tienen poder.

—Son sólo transacciones comerciales.

—Pero podrían ser planes de batalla. O una lista de nuestras riquezas. O nuestras plegarias secretas. Hoy en día, con las letras y los papiros se ha hecho fácil robar la inspiración de un pueblo. Es difícil esconder las tablillas de barro o el cuero de animales; pero la combinación de papiro con el alfabeto de Biblos puede acabar con la cultura de cada país, y destruir el mundo.

Una mujer entró corriendo.

—¡Sacerdote, sacerdote! ¡Venga a ver lo que está pasando!

Elías y la viuda lo siguieron. De todas las esquinas salía gente que se dirigía hacia el mismo lugar, levantando una polvareda que hacía el aire prácticamente irrespirable. Los niños corrían delante, riendo y haciendo algazara. Los adultos caminaban despacio, en silencio.

Cuando llegaron a la puerta Sur de la ciudad una pequeña multitud ya estaba allí reunida. El sacerdote se abrió paso hasta llegar al motivo de todo aquel desorden.

Un centinela de Akbar estaba arrodillado, con los brazos abiertos, las manos clavadas en una madera colocada sobre sus hombros. Sus ropas estaban hechas harapos, y el ojo izquierdo había sido vaciado por una astilla de madera.

En su pecho, escrito con golpes de puñal, estaban grabados algunos caracteres asirios. El sacerdote entendía el egipcio, pero la lengua asiria aún no era lo suficientemente importante como para ser aprendida y memorizada; fue necesario pedir la ayuda de un comerciante que asistía a la escena.

«*Declaramos la guerra*», eso es lo que está escrito, tradujo el hombre.

Las personas a su alrededor no pronunciaron una palabra. Pero Elías pudo ver el pánico estampado en sus rostros.

—Entrégame tu espada —dijo el sacerdote a uno de los soldados presentes.

El soldado obedeció. El sacerdote pidió que avisaran al gobernador y al comandante lo que había ocurrido. Luego, con un golpe rápido, clavó la espada en el corazón del centinela arrodillado.

El hombre dio un gemido y cayó al suelo. Estaba muerto, libre del dolor y de la vergüenza de haberse dejado capturar.

—Mañana iré a la Quinta Montaña a ofrecer sacrificios —dijo al pueblo asustado— y los dioses volverán a acordarse de nosotros.

Antes de partir se dirigió a Elías:

—Lo estás viendo con tus propios ojos. Los cielos continúan ayudando.

—Sólo una pregunta —dijo Elías—. ¿Por qué quieres ver sacrificar al pueblo de tu país?

—Porque es necesario matar una idea.

Al verlo conversar con la mujer aquella mañana, Elías ya había percibido cuál era esa idea: el alfabeto.

—Es demasiado tarde. Ya está difundido por el mundo, y los asirios no pueden conquistar la tierra entera.

—¿Quién te ha dicho que no? Al fin y al cabo, los dioses de la Quinta Montaña están del lado de sus ejércitos.

DURANTE HORAS CAMINÓ por el valle, como había hecho la tarde anterior. Sabía que habría por lo menos una tarde y una noche más de paz; ninguna guerra era librada en la oscuridad, porque los guerreros no podían distinguir al enemigo. Sabía que, aquella noche, el Señor le daba la oportunidad de cambiar el destino de la ciudad que lo había acogido.

—Salomón sabría qué hacer ahora —comentó con su ángel—. Y David, y Moisés e Isaac. Ellos eran hombres de confianza del Señor, pero yo soy apenas un siervo indeciso. El Señor me exige una elección que debería ser de Él.

—La historia de nuestros antepasados parece estar llena de hombres adecuados en los lugares adecuados —respondió el ángel—. No creas en esto: el Señor sólo exige de las personas aquello que está dentro de las posibilidades de cada uno.

—Entonces Él se equivocó conmigo.

—Toda aflicción que llega acaba por irse. Así sucede con las glorias y las tragedias del mundo.

—No olvidaré esto —dijo Elías—. Pero cuando parten, las

tragedias dejan marcas eternas, y las glorias dejan recuerdos inútiles.

El ángel no respondió.

—¿Por qué, durante todo este tiempo que he estado en Akbar, he sido incapaz de conseguir aliados para luchar por la paz? ¿Cuál es la importancia de un profeta solitario?

—¿Cuál es la importancia del sol, que camina por el cielo sin compañía? ¿Cuál es la importancia de una montaña que surge en medio de un valle? ¿Cuál es la importancia de un pozo aislado? Son ellos los que indican el camino que la caravana debe seguir.

—Mi corazón está sofocado por la tristeza —dijo Elías arrodillándose y elevando sus brazos al cielo—. Ojalá pudiese morir aquí, sin tener jamás las manos manchadas con la sangre de mi pueblo, o de un pueblo extranjero. Mira hacia atrás, ¿qué es lo que ves?

—Sabes que soy ciego —dijo el ángel— porque mis ojos aún conservan la luz de la gloria del Señor, no consigo ver nada más. Todo lo que puedo percibir es lo que tu corazón me cuenta. Todo lo que puedo ver son las vibraciones de los peligros que te amenazan. No puedo saber lo que está detrás de ti.

—Pues te lo diré: allí está Akbar. Vista a esta hora del día, con el sol de la tarde iluminando su perfil, es hermosa. Me acostumbré a sus calles y murallas, con su pueblo generoso y acogedor. Aunque los habitantes de la ciudad aún vivan presos del comercio y las supersticiones, tienen el corazón tan puro como cualquier otra nación del mundo. Aprendí con ellos muchas cosas que no sabía; a cambio, escuché los lamentos de sus habitantes e, inspirado por Dios, conseguí resolver sus conflictos internos. Muchas veces corrí peligro y siempre alguien me ayudó. ¿Por qué tengo que escoger entre salvar a esta ciudad o redimir a mi pueblo?

—Porque un hombre tiene que escoger —respondió el ángel—. En esto reside su fuerza: en el poder de sus decisiones.

—Es una elección difícil: exige aceptar la muerte de un pueblo para salvar a otro.

—Más difícil aún es definir un camino para sí mismo. Quien no hace una elección, muere a los ojos del Señor, aunque continúe respirando y caminando por las calles.

»Además —continuó el ángel—, nadie muere. La Eternidad está con los brazos abiertos para todas las almas, y cada una continuará su tarea. Hay una razón para todo lo que se encuentra bajo el sol.

Elías volvió a extender sus brazos hacia el cielo:

—Mi pueblo se alejó del Señor por causa de la belleza de una mujer. Fenicia puede ser destruida porque un sacerdote piensa que la escritura es una amenaza de los dioses. ¿Por qué Aquel que creó el mundo prefiere usar la tragedia para escribir el libro del destino?

Los gritos de Elías resonaron por el valle y fueron devueltos por el eco a sus oídos.

—No sabes lo que dices —respondió el ángel—. No existe la tragedia, sino lo inevitable. Todo tiene su razón de ser: sólo necesitas saber distinguir lo que es pasajero de lo que es definitivo.

—¿Qué es lo que es pasajero? —preguntó Elías.

—Lo inevitable.

—¿Y lo definitivo?

—Las lecciones de lo inevitable.

Diciendo esto, el ángel se alejó.

AQUELLA NOCHE, DURANTE la cena, Elías dijo a la mujer y al niño:

—Preparad vuestras cosas. Podemos partir en cualquier momento.

—Hace dos días que no duermes —dijo la mujer—. Un emisario del gobernador estuvo aquí esta tarde; pedía que fueras al palacio. Yo le dije que estabas en el valle y dormirías allí.

—Hiciste bien —respondió él, yendo directo para su cuarto y cayendo en un sueño profundo.

EL SONIDO DE INSTRUMENTOS MUSICALES lo despertó al día siguiente. Cuando bajó para ver qué pasaba, el niño ya estaba en la puerta.

—¡Mira! —le dijo con los ojos brillantes de excitación—. ¡Es la guerra!

Un batallón de soldados —imponentes en sus atuendos de guerra y armamentos— marchaba en dirección a la puerta Sur de Akbar. Un grupo de músicos los seguía, marcando el paso del batallón con el ritmo de sus tambores.

—Ayer tenías miedo —le dijo Elías.

—No sabía que teníamos tantos soldados. ¡Nuestros guerreros son los mejores!

Dejó al niño y salió a la calle. Necesitaba a toda costa encontrar al gobernador. Los otros habitantes de la ciudad también habían sido despertados por el sonido de los himnos de guerra y estaban hipnotizados: por primera vez en sus vidas asistían al desfile de un batallón organizado, con sus uniformes militares, las lanzas y los escudos reflejando los primeros rayos del sol. El comandante había conseguido realizar un trabajo envidiable; había preparado a su ejército sin que nadie se diera cuenta y ahora (éste era el temor de Elías) podía hacer que todos creyeran que la victoria sobre los asirios era posible.

Se abrió camino entre los soldados y consiguió llegar hasta el frente de la columna. Allí, montados a caballo, el comandante y el gobernador encabezaban la marcha.

—¡Tenemos un trato! —dijo Elías corriendo al lado del gobernador—. ¡Puedo hacer un milagro!

El gobernador no le respondió. La guarnición atravesó la montaña y salió hacia el valle.

—¡Sabes que este ejército es una ilusión! —insistió—. Los asirios tienen ventaja de cinco a uno y poseen experiencia de guerra. ¡No dejes que Akbar sea destruida!

—¿Qué es lo que quieres ahora? —preguntó el gobernador sin detener su caballo—. Anoche envié a un emisario a buscarte para hablar y le dijeron que estabas fuera de la ciudad. ¿Qué más podía hacer?

—¡Enfrentar a los asirios en campo abierto es un suicidio, lo sabéis muy bien!

El comandante escuchaba la conversación sin hacer ningún comentario. Ya había discutido su estrategia con el gobernador; el profeta israelita quedaría sorprendido.

Elías corría al lado de los caballos, sin saber exactamente lo que tenía que hacer. La columna de soldados dejó la ciudad y se dirigió al medio del valle.

«¡Ayúdame, Señor —pensaba él—. Así como detuviste el sol para ayudar a Josué en el combate, detén el tiempo y haz que yo consiga convencer al gobernador de su error.»

Cuando terminó de pensar esto el comandante gritó:

—¡Alto!

«Quizás sea una señal —se dijo Elías—. Tengo que aprovecharla.»

Los soldados formaron dos líneas de combate, como murallas humanas. Los escudos fueron sólidamente apoyados en el suelo y las armas apuntaron al frente.

—Crees que estás viendo al ejército de Akbar —dijo el gobernador a Elías.

—Estoy viendo a jóvenes que se ríen de la muerte —fue la respuesta.

—Pues, para que te enteres, esto es sólo un batallón. La mayor parte de nuestros hombres están en la ciudad, encima de las murallas. Colocamos calderas de aceite hirviendo listas para ser arrojadas sobre la cabeza de quien intente escalarlas; tenemos alimentos distribuidos por varias casas, evitando que las flechas incendiarias puedan acabar con nuestra comida. Según los cálculos del comandante, podemos resistir cerca de dos meses el sitio de la ciudad. Mientras los asirios se preparaban, nosotros hacíamos lo mismo.

—Nunca me dijisteis nada de esto —dijo Elías.

—Recuerda que, aunque hayas ayudado al pueblo de Akbar, continúas siendo un extranjero, y algunos militares pueden pensar que eres un espía.

—¡Pero tú deseabas la paz!

—La paz continúa siendo posible, incluso después de iniciado el combate. Sólo que entonces negociaremos en condiciones de igualdad.

El gobernador le confió que había enviado mensajeros a Tiro y Sidón dando cuenta del grave peligro en que se hallaban. Había sido difícil para él decidirse a pedir ayuda, pues podían pensar que era incapaz de controlar la situación, pero había decidido finalmente que era la única salida.

El comandante había desarrollado un plan ingenioso: en cuanto comenzara el combate, él volvería a la ciudad para organizar la resistencia. Las tropas que ahora se hallaban en el campo debían matar la mayor cantidad posible de enemigos, y después retirarse a las montañas. Conocían aquel valle mejor que nadie y podían atacar a los asirios en pequeñas escaramuzas, disminuyendo la presión del cerco. Pronto llegaría el socorro, y el ejército asirio sería diezmado.

—Podemos resistir hasta sesenta días, pero no será necesario llegar a tanto —aseguró el gobernador a Elías.

—Pero muchos morirán.

—Estamos todos ante la muerte. Y nadie tiene miedo, ni siquiera yo.

El gobernador estaba sorprendido de su propio valor. Nunca había participado en ninguna batalla y, a medida que el combate se aproximaba, había hecho planes para huir de la ciudad. Aquella mañana había combinado con algunos de sus hombres más fieles la mejor manera de batirse en retirada. No podría ir ni a Tiro ni a Sidón, porque lo considerarían un traidor, pero Jezabel lo acogería, ya que ella necesitaba hombres de confianza a su lado.

No obstante, al pisar el campo de batalla, veía en los ojos de los soldados una enorme alegría, como si hubiesen sido entrenados la vida entera para un objetivo, y finalmente el gran momento hubiera llegado.

—El miedo existe hasta el momento en que lo inevitable sucede —le dijo a Elías—. Después de esto, no debemos perder nuestra energía con él.

Elías se hallaba confuso. Él también participaba de esa sensación, aun cuando le diese vergüenza reconocerlo. Se acordó del entusiasmo del niño cuando pasaba la tropa.

—Aléjate de aquí —le dijo el gobernador—. Tú eres un extranjero, desarmado, y no necesitas combatir por algo en lo que no crees...

Elías no se movió.

—Vendrán —dijo el comandante—. A ti te tomaron por sorpresa, pero nosotros estamos preparados.

Pero Elías continuó allí.

Escrutaron el horizonte; ni rastros de polvo. El ejército asirio no se movía.

Los soldados de la primera fila sostenían sus lanzas con firmeza, manteniéndolas apuntadas hacia adelante; los arqueros ya tenían las cuerdas semitensadas para enviar sus flechas en cuanto el comandante diese la orden. Algunos hombres golpeaban el aire con la espada para mantener los músculos a punto para actuar.

—Todo está listo —repitió el comandante—. Atacarán.

Elías notó la euforia en su voz. Debía de estar ansioso por que la batalla comenzase: quería luchar y demostrar su bravura. Seguramente estaba imaginándose a los guerreros asirios, los golpes de espada, los gritos y la confusión, y se veía recordado por los sacerdotes fenicios como un ejemplo de eficiencia y coraje.

El gobernador interrumpió sus pensamientos:

—¡No se mueven!

Elías se acordó de lo que había pedido al Señor: que el sol se detuviera en el cielo, como había hecho para Josué. Intentó hablar con su ángel, pero no escuchó su voz.

Poco a poco los lanceros fueron bajando sus armas, los arqueros aflojaron la tensión de los arcos y los hombres guardaron las espadas en la vaina. El sol abrasador del mediodía llegó, y algunos guerreros se desmayaron por el calor; aun así, el destacamento permaneció en alerta hasta el final de la tarde.

Cuando el sol se ocultó, los guerreros regresaron a Akbar; parecían desilusionados por haber sobrevivido un día más.

Sólo Elías permaneció en el valle. Caminó sin rumbo durante algún tiempo hasta que vio la luz. El ángel del Señor surgió ante él.

—Dios escuchó tus plegarias —dijo el ángel— y vio el tormento en tu alma.

Elías elevó su mirada al cielo y agradeció las bendiciones.

—El Señor es la fuente de la gloria y del poder. ¡Él detuvo al ejército asirio!

—No —respondió el ángel—. Tú dijiste que Él era quien debía elegir, y Él hizo la elección por ti.

—¡VÁMONOS! —DIJO LA MUJER A su hijo.

—¡No quiero irme! —respondió el niño—. Estoy orgulloso de los soldados de Akbar.

La madre le obligó a juntar sus pertenencias.

—Lleva sólo lo que puedas cargar —le dijo.

—Te olvidas de que somos pobres, y bien poca cosa tengo.

Elías subió a su habitación. La contempló como si fuera la primera y última vez; en seguida bajó y se quedó mirando cómo la viuda guardaba sus tintas.

—Gracias por llevarnos contigo —dijo ella—. Cuando me casé tenía apenas quince años y no sabía cómo era la vida. Nuestras familias habían concertado todo y yo había sido educada desde la infancia para aquel momento y cuidadosamente preparada para ayudar al marido en cualquier circunstancia.

—¿Lo amabas?

—Eduqué mi corazón para eso. Ya que no podía elegir, me convencí a mí misma de que aquél era el mejor camino. Cuando perdí a mi marido, me conformé con los días y las noches iguales, y pedí a los dioses de la Quinta Montaña —en aquella época yo creía en ellos— que me llevasen de este mundo en cuanto mi hijo pudiera vivir solo.

»Fue entonces que tú apareciste. Ya te lo dije una vez y lo quiero repetir ahora: a partir de aquel día, pasé a apreciar la belleza del valle, de la silueta oscura de las montañas proyectándose contra el cielo, de la luna que cambia de forma para que el trigo pueda crecer. Muchas noches, mientras tú dormías, yo paseaba por Akbar, escuchaba el llanto de los niños recién nacidos, los cantos de los hombres que habían bebido después del trabajo, los pasos firmes de los centinelas sobre la muralla. ¿Cuántas veces yo ya había visto aquel paisaje sin reparar en su belleza? ¿Cuántas veces había mirado al cielo sin notar que era profundo? ¿Cuántas veces había escuchado los ruidos de Akbar a mi alrededor sin percibir que formaban parte de mi vida?

»Volví a sentir unas inmensas ganas de vivir. Tú me mandaste estudiar los caracteres de Biblos, y lo hice. Pensaba solamente en agradarte, pero me entusiasmé con lo que hacía y descubrí que *el sentido de mi vida era el que yo le quisiera dar.*

Elías acarició sus cabellos. Era la primera vez que lo hacía.

—¿Por qué no ha sido siempre así? —preguntó ella.

—Porque tenía miedo. Pero hoy, mientras esperaba la batalla, escuché las palabras del gobernador, y pensé en ti. El miedo va hasta donde lo inevitable comienza; a partir de ahí, pierde su sentido. Y todo lo que nos queda es la esperanza de haber tomado la decisión adecuada.

—Estoy lista —dijo ella.

—Regresaremos a Israel. El Señor ya me dijo lo que debo hacer, y así lo haré. Jezabel será alejada del poder.

Ella no dijo nada. Como todas las mujeres de Fenicia, estaba orgullosa de su princesa. Cuando llegaran allí, intentaría convencerlo de que cambiara de idea.

—Será un viaje muy largo, y no tendremos descanso hasta que yo haga lo que Él me pidió —dijo Elías, como si adivinase su pensamiento—. Mientras tanto, tu amor será mi apoyo y, en los momentos en que esté cansado de las batallas en Su nombre, podré descansar en tu regazo.

El niño vino con una pequeña bolsa en los hombros. Elías la cogió y dijo a la mujer:

—Ha llegado la hora. Cuando cruces las calles de Akbar, recuerda cada casa y cada ruido, porque no volverás a verla nunca más.

—Yo nací en Akbar —dijo ella— y la ciudad permanecerá siempre en mi corazón.

El niño escuchó aquello y se prometió a sí mismo que nunca olvidaría las palabras de su madre. Si algún día pudiese volver, vería a la ciudad como si estuviera viendo su rostro.

YA ESTABA OSCURO CUANDO EL sacerdote llegó a los pies de la Quinta Montaña. Traía en la mano derecha un bastón y cargaba una bolsita en la izquierda.

Sacó de la bolsita el óleo sagrado, con el que se untó la frente y las muñecas. Después, con el bastón, dibujó en la arena el toro y la pantera, símbolos del Dios de la Tempestad y de la Gran Diosa. Recitó las oraciones rituales y al finalizar abrió los brazos hacia el cielo para recibir la revelación divina.

Los dioses ya no hablaban más. Ya habían dicho todo lo que querían, y ahora exigían solamente el cumplimiento de los rituales. Los profetas habían desaparecido en todo el mundo, excepto en Israel, que era un país atrasado y supersticioso, que todavía creía que los hombres pueden comunicarse con los creadores del Universo.

Recordó que, dos generaciones atrás, Tiro y Sidón habían comerciado con un rey de Jerusalén llamado Salomón. Él estaba construyendo un gran templo, y quería adornarlo con lo mejor que existiera en el mundo; entonces mandó comprar los cedros de Fenicia, que ellos llamaban Líbano. El rey de Tiro suministró el material necesario y recibió a cambio veinte ciudades de Galilea, pero éstas no le agradaron. Salomón, entonces, había ayudado a construir sus primeros barcos, y ahora Fenicia tenía la mayor flota comercial del mundo.

En aquella época, Israel aún era una gran nación, aun cuando adorase a un solo Dios, del cual ni siquiera sabían su nombre, y acostumbraban a llamarle simplemente «el Señor». Una princesa de Sidón había conseguido hacer que Salomón retomase la verdadera fe, y él había edificado un altar a los dioses de la Quinta Montaña. Los israelitas insistieron en que «el Señor» había castigado al más sabio de sus reyes haciendo que las guerras lo alejasen del gobierno.

Su hijo Jeroboam, no obstante, continuó el culto que su padre había iniciado. Mandó crear dos becerros de oro, que el pueblo israelita adoraba. Fue entonces que los profetas entraron en escena, y comenzaron una lucha sin tregua con el gobierno.

Jezabel tenía razón: la única manera de mantener viva la verdadera fe era acabando con los profetas. Aun cuando ella fuese una mujer suave, educada en la tolerancia y en el horror a la guerra, sabía que existe un momento en el cual la violencia es la única salida. La sangre que ahora manchaba sus manos sería perdonada por los dioses a los que servía.

«En breve mis manos también estarán manchadas de sangre —dijo el sacerdote a la montaña que se elevaba silenciosa frente a él—. Así como los profetas son la maldición de Israel, la escritura es la maldición de Fenicia. Ambos causan un mal que puede ser irremediable, y es preciso detener a los dos mientras aún es posible. El dios del tiempo no puede partir ahora.»

Estaba preocupado con lo que había sucedido aquella mañana: el ejército enemigo no había atacado. El dios del tiempo ya había abandonado a Fenicia en el pasado, irritado con sus habitantes. En consecuencia, se apagó el fuego de las lámparas, los carneros y vacas abandonaron a sus crías y el trigo y la cebada continuaron siempre verdes. El dios Sol mandó gente importante a buscarlo: el águila y el dios de la tempestad. Pero nadie conseguía encontrar al dios del tiempo. Finalmente, la Gran Diosa envió a una abeja, que lo encontró durmiendo en un bosque, y le picó. Él se despertó furioso y comenzó a destruir todo cuanto le rodeaba. Fue necesario prenderlo y retirar el odio que había en su alma y, a partir de entonces, todo volvió a la normalidad.

Si se decidiese a partir otra vez, la batalla no tendría lugar. Los asirios quedarían para siempre a la entrada del valle, y Akbar continuaría existiendo.

«El valor es la plegaria del miedo —se dijo—. Por esto estoy aquí; porque no puedo vacilar en el momento del combate. Tengo que mostrar a los guerreros de Akbar que existe una razón para defender a la ciudad. No es el pozo, ni el mercado, ni el palacio del gobernador. Vamos a enfrentar el ejército asirio porque tenemos que dar el ejemplo.»

La victoria asiria acabaría para siempre con la amenaza del alfabeto. Los conquistadores impondrían su lengua y sus costumbres, aunque continuasen adorando a los mismos dioses en la Quinta Montaña. Y esto era lo importante.

«En el futuro, nuestros navegantes llevarán a otros países las hazañas de los guerreros. Los sacerdotes recordarán los nombres y la fecha en que Akbar intentó resistir la invasión asiria. Los pintores dibujarán caracteres egipcios en los papiros, los escribas de Biblos estarán muertos. Los textos sagrados continuarán exclusivamente en poder de aquellos que nacieron para aprenderlos. Entonces las próximas generaciones intentarán imitar lo que hicimos, y construiremos un mundo mejor.»

»Pero ahora —continuó él— necesitamos perder esta batalla. Lucharemos con bravura, pero estamos en una situación inferior, y moriremos con gloria.»

En ese momento el sacerdote escuchó a la noche y vio que tenía razón. El silencio anticipaba el momento de un combate importante, pero los habitantes de Akbar lo interpretaban de una manera equivocada; bajaron sus lanzas, y se divertían cuando tenían que vigilar. No prestaban atención al ejemplo de la naturaleza; los animales permanecen silenciosos cuando el peligro está próximo.

«Que se cumplan los designios de los dioses. Que los cielos no caigan sobre la Tierra, porque hicimos todo como es debido, y obedecimos a la tradición», concluyó él.

Elías, la mujer y el niño iban en dirección oeste, hacia donde estaba Israel. No había necesidad de pasar por el campamento asirio, que se encontraba al sur. La luna llena facilitaba la caminata pero, al mismo tiempo, proyectaba sombras extrañas y dibujos siniestros en las rocas y piedras del valle.

En medio de la oscuridad, surgió el ángel del Señor. Traía una espada de fuego en su mano derecha.

—¿Adónde vais? —preguntó.

—A Israel.

—¿El Señor te llamó?

—Ya conozco el milagro que Dios espera que haga. Y ahora sé dónde debo ejecutarlo.

—¿El Señor te llamó? —repitió el ángel.

Elías permaneció en silencio.

—¿El Señor te llamó? —dijo el ángel por tercera vez.

—No.

—Entonces vuelve al lugar de donde saliste, porque aún no has cumplido tu destino. El Señor aún no te llamó.

—¡Deja al menos que ellos partan, porque nada tienen que hacer aquí! —imploró Elías.

Pero el ángel ya no estaba más allá. Elías dejó en el suelo el saco que cargaba. Se sentó en medio del camino y lloró amargamente.

—¿Qué ha pasado? —preguntaron la mujer y el niño, que no habían visto nada.

—Vamos a volver —dijo él—. El Señor así lo desea.

No consiguió dormir bien. Se despertó en medio de la noche y percibió la tensión del aire a su alrededor; un viento maligno soplaba por las calles, sembrando miedo y desconfianza.

«En el amor de una mujer descubrí el amor por todas las criaturas —rezaba en silencio—. La necesito. Sé que el Señor no se olvidará de que soy uno de Sus instrumentos, quizás el más débil de los que escogió. Ayúdame, Señor, porque necesito reposar tranquilo en medio de las batallas.»

Se acordó del comentario del gobernador acerca de la inutilidad del miedo. A pesar de esto, no conseguía conciliar el sueño. «Necesito energía y tranquilidad; dadme reposo mientras sea posible.»

Pensó en llamar a su ángel, conversar un poco con él; pero podía oír cosas que no deseaba, y cambió de idea. Para relajarse, bajó hasta la sala; las alforjas que la mujer había preparado para la fuga aún no estaban deshechas.

Pensó en ir a su habitación. Se acordó de lo que el Señor había dicho a Moisés antes de una batalla: *El hombre que ama a una mujer y aún no la recibió, que retorne a su casa para que no muera en la lucha y otro hombre la reciba.*

Aún no habían cohabitado. Pero había sido una noche extenuante, y no era éste el momento de hacerlo.

Resolvió deshacer las alforjas y colocar cada cosa en su lugar. Descubrió que ella se había llevado, además de las pocas ropas que poseía, los instrumentos para dibujar los caracteres de Biblos.

Cogió un estilete, mojó una pequeña tablilla de barro y comenzó a garabatear algunas letras; había aprendido a escribir mientras miraba a la mujer trabajando.

«¡Qué cosa tan simple y genial!», pensó, tratando de distraerse. Muchas veces, cuando iba a buscar un poco de agua, escuchaba los comentarios de las mujeres: «Los griegos robaron nuestra invención más importante.» Elías sabía que no era así: la adaptación que ellos habín hecho, al incluir las vocales, había transformado el alfabeto en algo que todos los pueblos y naciones podrían usar. Además, llamaban a sus colecciones de pergaminos *biblias*, en homenaje a la ciudad donde había ocurrido la invención.

Las biblias griegas eran escritas en cuero de animales. Elías pensaba que era una manera muy frágil de guardar las palabras; el cuero no era tan resistente como las tablillas de barro, y podía ser robado fácilmente. Los papiros se rompían después de algún tiempo de uso, y eran destruidos por el agua.

«Las biblias y papiros no resultarán; sólo las tablillas de barro están destinadas a permanecer para siempre», reflexionó.

En el caso de que Akbar sobreviviese por algún tiempo más, recomendaría al gobernador que mandase escribir toda la historia de su país y guardase las tablillas de barro en una sala especial, de modo que las generaciones futuras pudiesen consultarlas. De esta manera, si por cualquier causa los sacerdotes fenicios, que guardaban en la memoria la historia de su pueblo, desaparecieran algún día, las gestas de los guerreros y de los poetas no serían olvidadas.

Jugó durante algún tiempo, dibujando las mismas letras en orden diferente y formando varias palabras, y quedó maravillado con el resultado. Esa tarea le calmó los nervios, y volvió a la cama.

TRANSCURRIDO ALGÚN TIEMPO, se despertó al oír un estruendo; la puerta de su cuarto estaba siendo derribada.

«No es un sueño. No son los ejércitos del Señor en combate.»

Salían sombras de todos los rincones, gritando como dementes en un lenguaje que él no entendía...

«¡Los asirios!»

Se oían ruidos de otras puertas que caían, paredes que eran derribadas con potentes golpes de martillo; los gritos de los invasores se mezclaban con los pedidos de socorro que subían de la plaza. Intentó ponerse en pie, pero una de las sombras lo derribó al suelo. Un ruido sordo sacudió el piso de abajo.

«Fuego —pensó Elías—. Han incendiado la casa.»

—Y tú —escuchó a alguien decir en fenicio—, tú eres el jefe. Escondido como un cobarde en la casa de una mujer.

Miró el rostro de quien había acabado de hablar; las llamas iluminaban el cuarto, y él pudo ver a un hombre, de barba larga, en uniforme militar. Sí, los asirios habían llegado.

—¿Habéis invadido de noche? —preguntó, desorientado.

Pero el hombre no respondió. Vio el brillo de las espadas desenvainadas, y uno de los guerreros le hirió en el brazo derecho.

Elías cerró los ojos; las escenas de toda su vida pasaron frente a él en una fracción de segundo. Volvió a jugar en las calles de la ciudad donde había nacido, viajó por primera vez hasta Jerusalén, sintió el olor de la madera cortada en la carpintería, se deslumbró nuevamente con la vastedad del mar y con la ropa que usaban en las grandes ciudades de la costa. Se vio a sí mismo paseando por los valles y montañas de la tierra prometida, se acordó de que había conocido a Jezabel, que aún parecía una niña y encantaba a todos cuantos se le aproximaban. Asistió otra vez a la masacre de los profetas, volvió a escuchar la voz del Señor que le ordenaba ir al desierto. Volvió a ver los ojos de la mujer que lo esperaba en la entrada de Sarepta (ciudad a la que sus habitantes llamaban Akbar) y se dio cuenta de que la había amado desde el primer momento. Volvió a subir a la Quinta Montaña, a resucitar al niño, a ser acogido por el pueblo como sabio y juez. Miró hacia el cielo que cambiaba rápidamente sus constelaciones de lugar, se deslumbró con la luna que mostraba sus cuatro fases en un mismo instante, sintió el frío, el calor, el otoño y la primavera, la lluvia y el fulgor del rayo. Las nubes volvieron a pasar en millones de formas diferentes y los ríos hicieron correr sus aguas por segunda vez en el mismo lecho. Revivió el día en que había notado cómo estaba siendo armada la primera tienda asiria, después la segunda, las varias, las múltiples, los ángeles que iban y venían, la espada de fuego en el camino hacia Israel, el insomnio, los dibujos en las tablillas, y....

Estaba otra vez en el presente. Pensaba en lo que estaría sucediendo en el piso de abajo. Era preciso salvar a cualquier precio a la viuda y a su hijo.

—¡Fuego! —decía a los soldados enemigos—. ¡La casa se está quemando!

No tenía miedo. Su única preocupación eran la viuda y su hijo. Alguien empujó su cabeza contra el suelo y él sintió el sabor de la tierra en su boca. La besó, le dijo cuánto la amaba y le explicó que había hecho lo posible para evitar aquello. Quería librarse de sus captores, pero alguien mantenía el pie en su pescuezo.

«Debe de haber huido —pensó—. No harían daño a una mujer indefensa.»

Una profunda calma invadió su corazón. Tal vez el Señor se había dado cuenta de que él no era el hombre adecuado y había descubierto otro profeta para rescatar a Israel del pecado. La muerte había llegado, por fin, de la manera esperada, a través del martirio. Aceptó su destino, y se quedó esperando el golpe mortal.

Pasaron algunos segundos; las voces continuaban gritando, la sangre chorreaba de su herida, pero el golpe fatal no llegaba.

—¡Pide que me maten ya! —gritó, sabiendo que por lo menos uno de aquellos hombres hablaba su lengua.

Pero nadie hizo caso de lo que decía. Discutían acaloradamente, como si hubiera surgido alguna complicación. Algunos soldados empezaron a darle patadas y, por primera vez, Elías notó que el instinto de conservación retornaba, lo que le produjo pánico.

«No puedo desear ya la vida —pensó desesperado—, porque no conseguiré salir de este cuarto.»

No obstante, nada sucedía y el mundo parecía eternizarse en aquella confusión de gritos, ruidos y polvo. Quizás el Señor había hecho lo mismo que con Josué, y el tiempo se había detenido en medio del combate.

Fue entonces cuando escuchó los gritos de una mujer en el piso de abajo. En un esfuerzo sobrehumano consiguió empujar a uno de los guardias y levantarse, pero pronto lo volvieron a derribar. Un soldado le pegó un puntapié en la cabeza, y él se desmayó.

Algunos minutos después recuperó el sentido. Los asirios lo habían llevado al medio de la calle.

Aún atontado, levantó la cabeza: todas las casas del barrio ardían.

—¡Una mujer indefensa e inocente está encerrada allá dentro! ¡Salvadla!

Gritos, correrías, confusión por todas partes. Intentó levantarse pero fue nuevamente derribado.

«¡Señor, Tú puedes hacer lo que quieras conmigo porque dediqué mi vida y mi muerte a Tu causa —rezó Elías—, pero salva a aquella que me acogió!»

Alguien lo levantó por los brazos.

—¡Ven a ver! —dijo el oficial asirio que conocía su lengua—. Te lo mereces.

Dos guardias lo sujetaron y lo empujaron en dirección a la puerta. La casa estaba siendo rápidamente devorada por las llamas, y la luz del fuego iluminaba todo alrededor. Llegaban a sus oídos gritos provenientes de todos los rincones: niños llorando, viejos implorando perdón, mujeres desesperadas que buscaban a sus hijos. Pero sólo escuchaba los pedidos de socorro de aquella que lo había acogido.

—¿Qué pasa? ¡Hay una mujer y un niño allí dentro! ¿Por qué nadie los salva? ¿Por qué hacéis esto con ellos?

—Porque ella intentó esconder al gobernador de Akbar.

—¡Yo no soy el gobernador de Akbar! ¡Estáis cometiendo una terrible equivocación!

El oficial asirio lo empujó hasta la puerta. El techo se había derrumbado por causa del incendio, y la mujer estaba semienterrada por las ruinas. Elías podía ver apenas su brazo, agitándose desesperadamente. Ella pedía socorro, implorando que no la dejasen ser quemada viva.

—¿Por qué me salváis y hacéis esto con ella? —imploró.

—No vamos a salvarte, sólo queremos que sufras lo máximo posible. Nuestro general murió apedreado y sin honor delante de las murallas de la ciudad. Vino en busca de vida y fue condenado a muerte. Ahora tú tendrás el mismo destino.

Elías luchaba desesperadamente para librarse, pero los guardias lo sacaron de allí. Salieron por las calles de Akbar, en medio de un calor infernal. Los soldados sudaban copiosamente y algunos parecían impresionados por la escena que acababan de ver.

Elías se debatía y clamaba contra los cielos, pero tanto los asirios como el Señor permanecían mudos.

Fueron hasta el centro de la plaza. La mayor parte de los edificios de la ciudad estaban ardiendo, y el ruido de las llamas se mezclaba con los gritos de los habitantes de Akbar.

«Suerte que existe la muerte.» ¡Cuántas veces había pensado en esto, desde aquel día en el establo!

Los cadáveres de los guerreros de Akbar, la mayoría de ellos sin uniforme, yacían diseminados por el suelo. Podía ver a personas corriendo en todas direcciones, sin saber adónde estaban yendo, sin saber lo que estaban buscando, movidas únicamente por la necesidad de fingir que estaban haciendo alguna cosa, luchando contra la muerte y la destrucción.

«¿Por qué hacen esto? —pensaba—. ¿No ven que la ciudad está en manos del enemigo y que no tienen hacia dónde huir?» Todo había sucedido de forma muy rápida. Los asirios se habían aprovechado de la enorme ventaja numérica y habían conseguido salvar a sus guerreros de los combates. Los soldados de Akbar habían sido exterminados casi sin combatir.

Se detuvieron en medio de la plaza. Elías fue colocado de rodillas en el suelo, y le ataron las manos. Ya no escuchaba más los gritos de la mujer; quizás habría muerto rápidamente, sin pasar por la tortura lenta de ser quemada viva. El Señor la tenía entre sus brazos y ella llevaba a su hijo consigo.

Otro grupo de soldados asirios traía a un prisionero con el rostro deformado por los golpes. Aun así, Elías reconoció al comandante.

—¡Viva Akbar! —iba gritando—. ¡Larga vida para Fenicia y sus guerreros que se baten con el enemigo durante el día! ¡Muerte a los cobardes que atacan en la oscuridad!

Apenas tuvo tiempo de completar la frase. La espada de un general asirio descendió, y la cabeza del comandante rodó por el suelo.

«Ahora me toca a mí —se dijo Elías—. La encontraré otra vez en el Paraíso, y pasearemos cogidos de la mano.»

En ese momento, un hombre se aproximó y comenzó a discutir con los oficiales. Era un habitante de Akbar que acostumbraba frecuentar las reuniones en la plaza. Recordaba haberlo ayudado a resolver un serio problema con un vecino.

Los asirios discutían, hablaban cada vez más alto y lo señalaban. El hombre se arrodilló, besó los pies de uno de ellos, extendió las manos en dirección a la Quinta Montaña y lloró como una criatura. La furia de los asirios parecía disminuir.

La conversación parecía interminable. El hombre no paraba de implorar y llorar todo el tiempo, señalando a Elías y a la casa donde vivía el gobernador. Los soldados parecían no conformarse con lo que decía.

Finalmente, el oficial que hablaba su lengua se aproximó.

—Nuestro espía —dijo señalando al hombre— afirma que nos equivocamos. Fue él quien nos dio los planos de la ciudad, y podemos confiar en lo que dice. No eres tú a quien queríamos matar.

Lo empujó con el pie y Elías cayó al suelo.

—Dice que irás a Israel, a derrocar a la princesa que usurpó el trono. ¿Es verdad?

Elías no contestó.

—¡Dime si es verdad! —insistió el oficial— y podrás salir y volver a tu casa a tiempo de salvar a aquella mujer y a su hijo.

—Sí, es verdad —dijo.

Quizás el Señor lo había escuchado y ayudaría a salvarlos.

—Podríamos llevarte cautivo hasta Tiro y Sidón —continuó el oficial—, pero aún tenemos muchas batallas por delante, y tú serías una carga para nosotros. Podríamos exigir un rescate por ti, pero ¿a quién? Eres un extranjero hasta en tu propio país.

El oficial pisó su rostro.

—No tienes ninguna utilidad. No sirves para los enemigos, y no sirves para los amigos. Eres como tu ciudad; no vale la pena dejar parte de nuestro ejército aquí para mantenerla bajo nuestro dominio. Cuando hayamos conquistado la costa, Akbar será nuestra, de cualquier manera.

—Tengo una pregunta —dijo Elías—. Sólo una pregunta.

El oficial lo miró, desconfiado.

—¿Por qué atacasteis de noche? ¿No sabéis que en todas las guerras se lucha durante el día?

—No quebrantamos la ley; no hay tradición que prohíba esto —respondió el oficial—. Y tuvimos mucho tiempo para conocer el terreno. Estabais tan preocupados por vuestras costumbres que os olvidasteis de que las cosas cambian.

Sin añadir nada más, el grupo se alejó. Entonces se aproximó el espía y le desató las manos.

—Me prometí a mí mismo que un día pagaría tu generosidad, y he cumplido mi palabra. Cuando los asirios entraron en el palacio, uno de los siervos informó que aquel a quien buscaban estaba refugiado en casa de la viuda. Mientras ellos iban hasta allí, el verdadero gobernador consiguió escapar.

Elías no prestaba atención. El fuego crepitaba por todas partes y los gritos continuaban.

En medio de la confusión, era posible advertir que un grupo aún mantenía la disciplina; obedeciendo una orden invisible, los asirios se retiraban en silencio.

La batalla de Akbar había terminado.

«Está muerta —se dijo—. No quiero ir allá porque ya está muerta. O se salvó por un milagro y entonces vendrá a buscarme.»

Su corazón, sin embargo, le pedía que se incorporase y fuese hasta la casa donde vivían. Elías luchaba contra sí mismo; no era solamente el amor de una mujer lo que estaba en juego en aquel momento, sino toda su vida, la fe en los designios del Señor, la partida de su ciudad natal, la idea de que tenía encomendada una misión y era capaz de cumplirla...

Miró a su alrededor, buscando una espada para acabar con su vida, pero los asirios se habían llevado todas las armas de Akbar. Pensó en arrojarse a las llamas de las casas que ardían, pero tuvo miedo al dolor.

Por unos instantes permaneció completamente inactivo. Poco a poco fue recobrando la conciencia de la situación en que se encontraba. La mujer y su hijo ya debían de haber partido de esta tierra, pero tenía que sepultarlos de acuerdo con las costumbres; el trabajo para el Señor (existiese Él o no) era su único apoyo en aquel momento. Después de cumplir su deber religioso, se entregaría al dolor y a la duda.

Además, existía la remota posibilidad de que todavía estuvieran vivos. No podía quedarse allí, sin hacer nada.

«No quiero verlos con el rostro quemado y la piel despegada de la carne. Sus almas ya están corriendo libres por los cielos.»

Aun así, comenzó a andar en dirección a la casa, sofocado y confundido por la humareda que no dejaba ver bien el camino. Poco a poco se fue dando cuenta de la situación en la ciudad. Aunque los enemigos ya se hubiesen retirado, el pánico crecía de manera alarmante. Las personas continuaban andando sin rumbo, llorando, pidiendo a los dioses por sus muertos.

Buscó a alguien que pudiese ayudarlo, pero había solamente un hombre a la vista, en total estado de shock: parecía hallarse lejos de allí.

«Es mejor ir directamente y no pedir más ayuda.» Conocía Akbar como si fuese su ciudad natal y consiguió orientarse, a pesar de no reconocer muchos de los lugares por donde estaba acostumbrado a pasar. En la calle escuchaba ahora gritos más coherentes. La gente comenzaba a entender que había sucedido una tragedia y era preciso reaccionar ante ella.

—¡Hay un herido aquí! —decía uno.

—¡Necesitamos más agua! ¡No podremos controlar el fuego! —decía otro.

—¡Ayúdenme! ¡Mi marido está atrapado!

Llegó hasta el lugar donde, muchos meses atrás, había sido recibido y hospedado como un amigo. Una vieja estaba sentada en medio de la calle, casi enfrente de la casa, completamente desnuda. Elías intentó ayudarla, pero recibió un empujón:

—¡Se está muriendo! —gritó la vieja—. ¡Haz algo! ¡Retira esa pared encima de ella!

Y comenzó a gritar histéricamente. Elías la cogió por los brazos y la empujó lejos, porque el ruido que hacía no le permitía escuchar los gemidos de la mujer. El ambiente a su alrededor era de completa destrucción; el techo y las paredes se habían desplomado, y era difícil saber dónde la había visto exactamente la última vez. Las llamas ya habían disminuido, pero el calor era aún insoportable; atravesó los destrozos que cubrían el suelo y fue hasta el lugar donde antes se encontraba la habitación de la mujer.

A pesar de la confusión que reinaba afuera, consiguió distinguir un gemido. Era su voz.

Instintivamente se sacudió el polvo de las ropas, como si quisiera mejorar su apariencia, y se quedó en silencio, procurando concentrarse. Oyó el crepitar del fuego, el pedido de ayuda de algunos ciudadanos sepultados en las casas vecinas, y tuvo ganas de decirles que se callasen, pues necesitaba saber dónde estaban la mujer y su hijo. Después de mucho tiempo, escuchó de nuevo el ruido; alguien arañaba la madera que estaba bajo sus pies.

Se arrodilló y empezó a cavar como un loco. Removió la tierra, piedras y madera. Finalmente, su mano tocó algo caliente: era sangre.

—No te mueras, por favor —dijo.

—Deja las ruinas encima de mí —escuchó decir a su voz—. No quiero que veas mi rostro. Ve a ayudar a mi hijo.

Él continuó cavando, y la voz repitió:

—Ve a buscar el cuerpo de mi hijo. Por favor, haz lo que te pido.

Elías dejó caer su cabeza sobre el pecho y comenzó a llorar bajito.

—¡No sé dónde está enterrado! —dijo—. ¡Por favor, no me dejes! Necesito que te quedes conmigo. Necesito que me enseñes a amar, mi corazón ya está preparado.

—Antes de que tú llegaras, deseé la muerte durante muchos años. Ella debe de haberme escuchado y ha venido a buscarme.

Ella dio un gemido. Elías se mordió los labios y no dijo nada. Alguien tocó su hombro.

Se dio vuelta asustado y vio al muchacho. Estaba cubierto de polvo y tizne, pero parecía no estar herido.

—¿Dónde está mi madre? —preguntó.

—Estoy aquí, hijo mío —respondió la voz bajo los escombros.

El niño comenzó a llorar. Elías lo abrazó.

—Estás llorando, hijo mío —dijo la voz, cada vez más débil—. No lo hagas. A tu madre le costó aprender que la vida tenía un sentido; espero haber conseguido enseñártelo a ti. ¿Cómo está nuestra ciudad?

Elías y el niño permanecieron quietos, agarrados el uno al otro.

—Está bien —mintió Elías—. Murieron algunos guerreros, pero los asirios ya se han retirado. Iban tras el gobernador, para vengar la muerte de uno de sus generales.

De nuevo el silencio. Y de nuevo la voz, cada vez más débil.

—Dime que mi ciudad se ha salvado.

—La ciudad está entera. Y tu hijo está bien.

—¿Y tú?

—Yo he sobrevivido.

Sabía que, con estas palabras, estaba liberando su alma y dejándola morir en paz.

—Pide a mi hijo que se arrodille —dijo la mujer después de unos instantes—. Y quiero que me hagas un juramento, en nombre del Señor tu Dios.

—Lo que quieras. Todo lo que quieras.

—Un día tú me dijiste que el Señor estaba en todas partes, y yo te creí. Dijiste que las almas no iban a lo alto de la Quinta Montaña, y también creí en lo que decías. Pero no me explicaste para dónde iban.

He aquí el juramento: vosotros no lloraréis por mí, y cada uno cuidará del otro, hasta que el Señor permita que cada uno siga su camino. A partir de ahora, mi alma se mezcla con todo lo que conocí en esta tierra; yo soy el valle, las montañas que lo rodean, la ciudad, las personas que caminan por sus calles. Yo soy sus heridos y sus mendigos, sus soldados, sus sacerdotes, sus comerciantes, sus nobles. Yo soy el suelo que pisas y el pozo que sacia la sed de todos.

No lloréis por mí, porque no hay razón para estar tristes. A partir de ahora, yo soy Akbar, y la ciudad es hermosa.

El silencio de la muerte llegó, y el viento dejó de soplar. Elías ya no escuchaba más los gritos de afuera, o el fuego crepitando en las casas de al lado; oía solamente el silencio, y casi podía tocarlo, de tan intenso que era.

Entonces Elías apartó al niño, rasgó sus vestiduras y dirigiéndose al cielo gritó con toda la fuerza de sus pulmones:

—¡Señor mi Dios! Por Tu causa salí de Israel, y no pude ofrecerte mi sangre, como hicieron los profetas que allí quedaron. Fui llamado cobarde por mis amigos, y traidor por mis enemigos.

»Por Tu causa comí apenas lo que los cuervos me traían, y crucé el desierto hasta Sarepta, que sus habitantes llamaban Akbar. Guiado por Tus manos encontré una mujer; guiado por Ti, mi corazón aprendió a amarla. En ningún momento, empero, olvidé mi verdadera misión; durante todos los días que pasé aquí siempre estuve listo para partir.

»La bella Akbar ahora no pasa de ruinas, y la mujer que me confiaste yace debajo de ellas. ¿Dónde pequé, Señor? ¿En qué momento me alejé de lo que deseabas de mí? Si no estabas contento conmigo ¿por qué no me llevaste de este mundo? En vez de esto, afligiste nuevamente a aquellos que me ayudaron y amaron.

»No entiendo Tus designios. No veo justicia en Tus actos. No soy capaz de aguantar el sufrimiento que me impusiste. Aléjate de mi vida, porque yo también soy ruina, fuego y polvo.

En medio del fuego y de la desolación, Elías vio la luz. Y el ángel del Señor apareció.

—¿Qué vienes a hacer aquí? —preguntó Elías—. ¿No ves que ya es tarde?

—Vine para decirte que una vez más el Señor escuchó tu plegaria y lo que pides te será concedido. No escucharás más a tu ángel y yo no volveré a encontrarte hasta que se hayan cumplido tus días de prueba.

ELÍAS COGIÓ AL niño de la mano y empezaron a caminar sin rumbo. La humareda, que antes estaba siendo dispersada por el viento, se concentraba ahora en las calles, tornando el aire irrespirable. «Quizás sea un sueño —pensó—. Quizás es una pesadilla.»

—Tú mentiste a mi madre —le dijo el niño—. La ciudad está destruida.

—¿Qué importancia tiene esto? Si ella no estaba viendo lo que pasaba a su alrededor, ¿por qué no dejarla morir feliz?

—Porque ella confió en ti, y dijo que era Akbar.

Se hirió un pie con los cascotes de vidrio y cerámica esparcidos por el suelo; el dolor le demostró que no estaba soñando: todo a su alrededor era terriblemente real. Consiguieron llegar a la plaza donde (¿cuánto tiempo atrás?) se reunía con el pueblo y le ayudaba a resolver sus disputas; el cielo estaba dorado con el fuego de los incendios.

—No quiero que mi madre sea esto que estoy viendo —insistía el niño—. Tú le mentiste.

El chico estaba consiguiendo mantener su juramento; no había visto una sola lágrima en su rostro. «¿Qué hago?», pensó. Su pie sangraba, y resolvió concentrarse en el dolor; él lo alejaría de la desesperación.

Miró el corte que la espada del asirio había hecho en su cuerpo; no era tan profundo como había imaginado. Se sentó con el niño en el mismo lugar donde había sido atado por los enemigos y salvado por un traidor. Se dio cuenta de que las personas ya no corrían; caminaban lentamente de un lado a otro, en medio del humo, del polvo y de las ruinas como si fueran muertos-vivos. Parecían almas olvidadas por los cielos y condenadas a vagar eternamente por la Tierra. Nada tenía sentido.

Algunos pocos reaccionaban. Continuaba escuchando las voces de las mujeres y algunas órdenes contradictorias de soldados que habían sobrevivido a la masacre; pero eran pocos, y no estaban consiguiendo ningún resultado.

El sacerdote había dicho una vez que el mundo era el sueño colectivo de los dioses. ¿Y si, en el fondo, él tuviese razón? ¿Podría ahora ayudar a los dioses a despertar de esta pesadilla, y adormecerlos de nuevo con un sueño más suave? Cuando tenía visiones nocturnas, siempre se despertaba y se volvía a dormir; ¿por qué no sucedía lo mismo con los creadores del Universo?

Tropezaba con los muertos. Ninguno de ellos se preocupaba ya por los impuestos a pagar, por los asirios que acampaban en el valle, por los rituales religiosos o por la existencia de un profeta errante que un día tal vez les hubiese dirigido la palabra...

«No puedo quedarme aquí todo el tiempo. La herencia que ella me dejó es este niño, y seré digno de esto, aunque sea la última cosa que haga sobre la Tierra.»

Se levantó con esfuerzo, volvió a coger al niño de la mano y volvieron a caminar. Algunas personas saqueaban las tiendas y almacenes que habían sido derribados. Por primera vez intentó reaccionar ante lo que sucedía, pidiéndoles que no hicieran eso, pero ellas lo apartaban de un empujón, diciendo:

—Estamos comiendo los restos de aquello que el gobernador devoró solo. No nos molestes.

Elías no tenía fuerzas para discutir. Llevó al chico fuera de la ciudad, y comenzaron a andar por el valle. Los ángeles ya no volverían a venir con sus espadas de fuego.

«Luna llena.»

Lejos del polvo y la humareda, se podía ver la noche iluminada por la claridad de la luna. Horas antes, cuando había intentado dejar la ciudad rumbo a Jerusalén, pudo encontrar su camino sin dificultad; lo mismo había sucedido con los asirios.

El niño tropezó con un cuerpo y dio un grito. Era el sacerdote: tenía los brazos y las piernas amputados, pero aún estaba vivo. Sus ojos estaban fijos en la cumbre de la Quinta Montaña.

—Como ves, los dioses fenicios ganaron la batalla celestial —dijo con dificultad pero con voz reposada. La sangre se escurría de su boca.

—¡Déjame terminar con tu sufrimiento! —respondió Elías.

—El dolor no significa nada en comparación con la alegría de haber cumplido con mi deber.

—¿Tu deber era destruir una ciudad de hombres justos?

—Una ciudad no muere; sólo sus habitantes, y las ideas que tenían. Algún día otros llegarán a Akbar, beberán su agua y la piedra que su fundador dejó será pulida y cuidada por nuevos sacerdotes. Sigue tu camino; mi dolor terminará dentro de poco, mientras que tu desesperación permanecerá por el resto de tu vida.

El cuerpo mutilado respiraba con dificultad, y Elías lo dejó. En ese momento, un grupo de gente —hombres, mujeres y niños— vino corriendo hacia él y lo rodeó.

—¡Fuiste tú! —gritaban—. ¡Tú deshonraste a tu tierra y trajiste la maldición a nuestra ciudad!

—¡Que los dioses vean esto! ¡Que sepan quién es el culpable!

Los hombres lo empujaban y lo sacudían por los hombros. El niño se soltó de su mano y desapareció. Todos golpeaban su cara, su pecho, sus espaldas, pero él sólo pensaba en el niño; no había sido capaz siquiera de mantenerlo a su lado.

La paliza no duró demasiado; quizás estuviesen todos demasiado cansados de tanta violencia. Elías quedó tendido en el suelo.

—¡Vete de aquí! —dijo alguien—. ¡Pagaste nuestro amor con tu odio!

El grupo se apartó. Él no tenía fuerzas para levantarse. Cuando consiguió recuperarse de la vergüenza, ya no era el mismo hombre. No quería ni morir, ni continuar viviendo. No quería nada; no tenía amor, ni odio, ni fe.

SE DESPERTÓ CON alguien tocándole la cara. Aún era de noche, pero la luna ya no estaba en el cielo.

—Prometí a mi madre que cuidaría de ti —dijo el muchacho—. Pero no sé qué hacer.

—Vuelve a la ciudad. La gente es buena, y alguien te acogerá.

—Estás herido. Hay que cuidar tu brazo. Quizás aparezca un ángel y me diga qué tengo que hacer.

—¡Eres ignorante, no entiendes nada de lo que está pasando! —gritó Elías—; los ángeles no volverán más porque nosotros somos personas comunes y todos son débiles ante el sufrimiento. Cuando las tragedias ocurren, ¡que las personas comunes se las arreglen como puedan!

Respiró hondo y procuró calmarse; no servía de nada estar discutiendo.

—¿Cómo has llegado hasta aquí?

—No me fui.

—Entonces viste mi vergüenza. Has visto que ya no tengo nada que hacer en Akbar.

—Tú me dijiste que todas las batallas servían para algo, incluso aquellas en las que somos derrotados.

Él se acordaba de la caminata hasta el pozo, la mañana anterior. Pero parecía que desde entonces habían pasado años, y él tenía ganas de decirle que las bellas palabras carecen de significado cuando se está delante del sufrimiento; pero decidió no asustar al chico.

—¿Cómo escapaste del incendio?

El niño bajó la cabeza.

—No había dormido. Decidí pasar la noche en claro, para ver si tú y mamá os encontrabais en su cuarto. Vi cuando los primeros soldados entraron.

Elías se levantó y empezó a andar. Buscaba la roca frente a la Quinta Montaña donde, cierta tarde, había contemplado la puesta de sol con la mujer.

«No debo ir —pensaba—. Me desesperaré aún más.»

Pero una fuerza lo empujaba en aquella dirección. Cuando llegó allí, lloró amargamente; al igual que la ciudad de Akbar, el lugar estaba marcado por una piedra, pero él era el único en todo aquel valle que entendía su significado; no sería alabada por nuevos habitantes, ni pulida por parejas que descubren el sentido del amor.

Tomó al chico en sus brazos y se volvió a dormir.

—TENGO HAMBRE Y SED —LE dijo el niño a Elías en cuanto se despertó.

—Podemos ir a casa de unos pastores que viven aquí cerca. No les debe de haber pasado nada, porque no vivían en Akbar.

—Tenemos que arreglar la ciudad. Mi madre dijo que ella era Akbar.

¿Qué ciudad? Ya no existía palacio, ni mercado, ni murallas. Las personas decentes se habían transformado en salteadores, y los jóvenes soldados habían sido masacrados. Los ángeles ya no volverían más, pero éste era el menor de sus problemas.

—¿Crees que la destrucción, el dolor, las muertes de anoche, tuvieron un significado? ¿Crees que es necesario destruir millares de vidas para enseñar lo que sea a alguien?

El chico lo miró espantado.

—Olvida lo que dije. Vamos a buscar al pastor.

—Y vamos a arreglar la ciudad —insistió el niño.

Elías no respondió. Sabía que ya no podría recurrir a su autoridad con el pueblo, que lo acusaba de haber traído la desgracia. El gobernador había huido, el comandante estaba muerto, Tiro y Sidón posiblemente caerían pronto bajo el dominio extranjero. Quizás la mujer tuviera razón: los dioses cambian siempre, y esta vez era el Señor quien había partido.

—¿Cuándo volveremos allí? —preguntó el niño.

Elías lo sujetó por los hombros y comenzó a sacudirlo con violencia.

—¡Mira para atrás! Tú no eres un ángel ciego, sino un muchacho que quería estar vigilando lo que hacía su madre. ¿Qué ves? ¿Ves las columnas de humo que suben? ¿Sabes lo que significa eso?

—¡Me haces daño! ¡Quiero salir de aquí, quiero irme!

—¡Perdóname!, no sé lo que estoy haciendo.

El chico sollozaba, pero sin que una sola lágrima corriese por sus mejillas. Él se sentó a su lado, esperando que se calmase.

—¡No te vayas! —le pidió—. Cuando tu madre partió le prometí que me quedaría contigo hasta que pudieses seguir tu propio camino.

—También le prometiste que la ciudad estaba entera. Y ella dijo...

—No necesitas repetirlo. Estoy confuso, perdido en mi propia culpa. Déjame encontrarme conmigo mismo. Discúlpame, no quería herirte.

El chico lo abrazó. Pero de sus ojos no cayó ni una lágrima.

LLEGARON A LA casa en medio del valle. Una mujer estaba en la puerta y dos niños pequeños jugaban enfrente. El rebaño estaba en el cercado, lo que significaba que el pastor no había salido a las montañas aquella mañana.

La mujer miró asustada al hombre y al niño que se aproximaban. Tuvo el impulso de gritarles que se fueran, pero la tradición y los dioses exigían que cumpliese la ley universal de la hospitalidad. Si no los acogía ahora, sus hijos podían sufrir el mismo trato en el futuro.

—No tengo dinero —dijo—, pero puedo daros un poco de agua y alguna comida.

Se sentaron en una pequeña galería con techo de paja y ella

trajo frutas secas junto con un pote de agua. Comieron en silencio, recobrando un poco la sensación (por primera vez desde la noche anterior) de cumplir una rutina normal diaria. Los niños, asustados por la apariencia de ambos, se habían refugiado dentro de la casa.

Cuando terminó su plato, Elías preguntó por el pastor.

—Llegará pronto —respondió ella—. Anoche oímos mucho ruido, y alguien vino esta mañana diciendo que Akbar había sido destruida, así que él fue a ver qué había pasado.

Los hijos la llamaron, y ella entró.

«Es inútil tratar de convencer al chico —pensó Elías—. No me dejará en paz hasta que yo haga lo que me pide. Tengo que demostrarle que es imposible, y sólo así se convencerá.»

La comida y el agua habían provocado el milagro: se sentía otra vez formando parte del mundo. Su pensamiento fluía con una rapidez increíble, procurando soluciones en vez de respuestas.

Un poco más tarde, llegó el pastor. Miró con recelo al hombre y al niño, preocupado por la seguridad de su familia. Pero pronto entendió lo que estaba pasando.

—Debéis de ser refugiados de Akbar —dijo—. Estoy llegando de allá.

—¿Y qué está pasando? —preguntó el chico.

—La ciudad fue destruida, y el gobernador huyó. Los dioses desorganizaron el mundo.

—Hemos perdido todo cuanto teníamos —dijo Elías—. Nos gustaría que nos acogieran.

—Creo que mi mujer lo ha hecho ya, pues os alimentó. Ahora debéis partir y enfrentar lo inevitable.

—No sé qué hacer con un niño. Necesito ayuda.

—¡Claro que sabes! Él es joven, parece inteligente y tiene energía. Tú tienes la experiencia de quien conoció muchas victorias y derrotas en esta vida. Es una combinación perfecta, porque puedes ayudarlo a encontrar la sabiduría.

El hombre miró la herida del brazo de Elías. Dijo que no era grave; entró en la casa y volvió poco después con algunas hierbas y un pedazo de tejido. El chico le ayudó a colocar el medicamento en su lugar. Cuando el pastor le dijo que podía hacer aquello solo, el niño le respondió que había prometido a su madre cuidar de aquel hombre.

El pastor se rió.

—Tu hijo es un hombre de palabra.

—Yo no soy su hijo. Y él también es un hombre de palabra. Irá a reconstruir la ciudad porque tiene que hacer volver a mi madre, como hizo conmigo.

Elías entendió de repente la preocupación del niño, pero antes de que pudiese decir nada, el pastor gritó hacia dentro de la casa, avisando a la mujer que estaba saliendo en aquel momento.

—Es mejor reconstruir pronto la vida —dijo—. Pasará mucho tiempo antes de que todo vuelva a ser como antes.

—Nunca volverá.

—Tienes aspecto de ser un joven sabio, y puedes entender muchas cosas que yo no comprendo. Pero la naturaleza me enseñó algo que no olvidaré nunca: un hombre depende del tiempo y de las estaciones y sólo así un pastor consigue sobrevivir a las cosas inevitables. Él cuida a su rebaño, trata a cada animal como si fuese el único, procura ayudar a las madres con las crías y nunca se aleja demasiado del lugar donde los animales puedan beber. No obstante, de vez en cuando, una de las ovejas a las que se dedicó tanto, termina muriendo en un accidente. Puede ser una serpiente, un animal salvaje o incluso una caída por un precipicio. Pero lo inevitable siempre sucede.

Elías miró en dirección a Akbar y recordó la conversación con el ángel. Lo inevitable siempre sucede.

—Es preciso disciplina y paciencia para superarlo —dijo el pastor.

—Y esperanza. Cuando ella se termina, no se pueden gastar las energías luchando contra lo imposible.

—No se trata de esperanza en el futuro. Se trata de recrear el propio pasado.

El pastor ya no tenía prisa, su corazón se llenó de piedad por los refugiados. Ya que él y su familia se habían salvado de la tragedia, nada costaba ayudarlos para agradecer a los dioses. Además, ya había oído hablar del profeta israelita que subió a la Quinta Montaña sin ser alcanzado por el fuego del cielo; todo indicaba que debía de tratarse del hombre que tenía enfrente.

—Podéis quedaros un día más si queréis.

—No entendí lo que dijiste antes —comentó Elías— sobre recrear el propio pasado.

—Yo veía siempre a las personas que pasaban por aquí, en dirección a Tiro y Sidón. Algunas se quejaban de que no habían conseguido nada en Akbar, e iban en busca de un nuevo destino.

»Un día esas personas retornaban. No habían conseguido lo que estaban buscando, porque habían cargado consigo, junto con el equipaje, el peso del propio fracaso anterior. Alguna que otra volvía habiendo conseguido un empleo en el gobierno, o con la alegría de haber educado mejor a los hijos, pero nada más. Porque el pasado en Akbar las había dejado temerosas, y no tenían confianza en sí mismas como para arriesgar mucho.

»Por otro lado, también pasaron por mi puerta personas llenas de entusiasmo. Habían aprovechado cada minuto de vida en Akbar y obtenido, con mucho esfuerzo, el dinero necesario para el viaje que querían hacer. Para estas personas, la vida era una constante victoria, y continuaría siéndolo.

»Estas personas también retornaban, pero con historias maravillosas. Habían conquistado todo lo que deseaban, porque no estaban limitadas por las frustraciones del pasado.

Las palabras del pastor llegaron al corazón de Elías.

—No es difícil reconstruir una vida, así como no es imposible levantar a Akbar de sus ruinas —continuó el pastor—. Basta tener conciencia de que continuamos con la misma fuerza que teníamos antes, y usar esto en nuestro favor.

Y concluyó:

—Si tienes un pasado que no te deja satisfecho, olvídalo ahora. Imagina una nueva historia para tu vida, y cree en ella. Concéntrate sólo en los momentos en que conseguiste lo que deseabas, y esta fuerza te ayudará a conseguir lo que deseas ahora.

«Hubo un momento en que deseé ser carpintero, y después quise ser un profeta enviado para la salvación de Israel —pensó Elías—. Los ángeles descendían del cielo y el Señor hablaba conmigo. Hasta que entendí que Él no era justo, y que sus motivos siempre permanecerán incomprensibles para mí.»

El pastor gritó a su mujer, diciéndole que había decidido quedarse, pues al fin de cuentas ya había ido a pie hasta Akbar y tenía pereza de hacer otra caminata.

—¡Gracias por acogernos! —dijo Elías.

—¿No queréis quedaros esta noche?

El niño interrumpió el diálogo:

—Queremos volver a Akbar.

—Esperad hasta mañana. La ciudad está siendo saqueada por sus propios habitantes, y no hay lugar para dormir.

El chico miró al suelo, se mordió los labios, y una vez más se resistió al llanto. El pastor los llevó al interior de la casa, tranquilizó a la mujer y los niños, y pasó el resto del día conversando sobre el tiempo, para distraer a los huéspedes.

Al día siguiente, los dos se levantaron temprano, comieron un refrigerio preparado por la mujer del pastor y se despidieron en la puerta de la casa:

—Que tu vida sea larga y tu rebaño crezca siempre —dijo Elías—. Comí lo que mi cuerpo necesitaba, y mi alma aprendió lo que no sabía. Que Dios nunca olvide lo que habéis hecho por nosotros, y que vuestros hijos no sean extranjeros en una tierra extraña.

—No sé a qué dios te refieres; son muchos los habitantes de la Quinta Montaña —dijo el pastor con dureza, para luego en seguida cambiar de tono—. Recuerda las cosas buenas que hiciste; ellas te darán valor.

—Hice muy pocas, y ninguna de ellas debida a mis buenas cualidades.

—Entonces es hora de hacer más.

—Tal vez yo podría haber evitado la invasión.

El pastor se rió.

—Aunque hubieras sido el mismísimo gobernador de Akbar, no habrías conseguido detener lo inevitable.

—Quizás el gobernador debería haber atacado a los asirios cuando ellos llegaron al valle, con pocas tropas. O negociado la paz, antes de que la guerra estallara.

—Todo lo que podía suceder, pero no sucedió, termina siendo llevado por el viento y no deja ningún rastro —dijo el pastor—. La vida está hecha de nuestras actitudes. Y *existen ciertas cosas que los dioses nos obligan a vivir.* No importa cuál es la razón que tienen para esto y no sirve de nada hacer lo posible para que pasen lejos de nosotros.

—¿Para qué?

—Pregúntaselo a un profeta israelita que vivía en Akbar. Parece que él tiene respuesta para todo.

El hombre caminó en dirección al cercado.

—Tengo que llevar mi rebaño a pastar —dijo—. Anoche no salieron de aquí, y están impacientes.

Se despidió agitando el brazo en alto en señal de saludo y partió con sus ovejas.

El niño y el hombre seguían por el valle.

—Estás caminando muy despacio —decía el chico—. Tienes miedo de lo que pueda pasarte.

—Sólo tengo miedo de mí mismo —respondió Elías—. No pueden hacerme nada, porque mi corazón ya no existe.

—El Dios que me trajo de regreso de la muerte aún está vivo. Él puede hacer volver a mi madre, si tú haces lo mismo con la ciudad.

—Olvida a este Dios. Está lejos, y ya no hace los milagros que esperamos de Él.

El pastor tenía razón. A partir de aquel momento era preciso reconstruir su propio pasado, olvidar que algún día se había creído un profeta que tenía que libertar a Israel, pero había fracasado en su misión de salvar a una simple ciudad.

El pensamiento le dio una extraña sensación de euforia. Por primera vez en su vida se sintió libre, listo para hacer lo que le pareciera en el momento en que lo deseara. No escucharía a más ángeles, es verdad, pero en compensación estaría libre para retornar a Israel, volver a trabajar como carpintero, viajar hasta Grecia para aprender cómo pensaban sus sabios, o partir junto con los navegantes fenicios hacia las tierras del otro lado del mar.

Antes, sin embargo, precisaba vengarse. Había dedicado los mejores años de su juventud a un Dios sordo, que vivía dando órdenes y siempre haciendo las cosas a Su modo. Había aprendido a aceptar Sus decisiones y a respetar Sus designios. Pero su fidelidad había sido retribuida con el abandono, su dedicación fue ignorada y sus esfuerzos para cumplir la voluntad Suprema habían tenido como resultado la muerte de la única mujer a quien amara en toda su vida.

—Tienes toda la fuerza del mundo y de las estrellas —dijo Elías en su lengua natal, para que el niño a su lado no entendiese el significado de las palabras—. Puedes destruir una ciudad, un país, como nosotros destruimos a los insectos. Entonces envía el fuego del cielo y acaba con mi vida ahora, porque si no haces esto, a partir de ahora iré contra Tu obra.

Akbar surgió a la distancia. Él tomó la mano del niño y la apretó con fuerza.

—A partir de aquí y hasta cruzar los portones de la ciudad, yo caminaré con los ojos cerrados y es preciso que tú me guíes —le pidió—. Si muero durante el camino, haz tú lo que me pediste a mí: reconstruye Akbar, aunque para eso necesites primero crecer y después aprender cómo cortar la madera o tallar las piedras.

El niño no dijo nada. Elías cerró los ojos y se dejó guiar. Escuchaba el ruido del viento y el sonido de sus propios pasos en la arena.

Se acordó de Moisés que, después de liberar y conducir al pueblo elegido por el desierto, superando enormes dificultades, fue impedido por Dios de entrar en Canaán. En aquella ocasión, Moisés había dicho:

> Te ruego que me dejes pasar, para que yo vea esta buena tierra más allá del Jordán.

No obstante, el Señor se indignó con su pedido, y le dijo:

> Basta. No me hables más sobre esto. Dirige tu mirada

hacia el Occidente, y hacia el Norte, y hacia el Sur y hacia el Oriente, y contémplalos con tus propios ojos, porque no pasarás este Jordán.

Así es como el Señor había retribuido la larga y ardua tarea de Moisés: no permitiéndole poner sus pies en la Tierra Prometida. ¿Qué habría pasado si él hubiera desobedecido?

Elías volvió a dirigir su pensamiento hacia los cielos.

«Mi Señor, esta batalla no fue entre asirios y fenicios, sino entre Tú y yo. No me avisaste de nuestra guerra particular y, como siempre, venciste e hiciste cumplir Tu voluntad. Destruiste a la mujer que amé y a la ciudad que me acogió cuando estaba lejos de mi patria.»

El viento sopló más fuerte en sus oídos. Elías sintió miedo, pero continuó:

«No puedo traer a la mujer de vuelta, pero puedo cambiar el destino de Tu obra de destrucción. Moisés aceptó Tu voluntad, y no cruzó el río. Yo, sin embargo, seguiré adelante: mátame en este momento, porque si me dejas llegar a las puertas de la ciudad, reconstruiré lo que quisiste barrer de la faz de la Tierra. E iré en contra de Tu decisión.»

No dijo nada más. Vació su pensamiento y aguardó la muerte. Durante mucho tiempo se concentró solamente en el sonido de los pasos en la arena; no quería escuchar voces de ángeles ni amenazas del Cielo. Su corazón estaba libre, y ya no temía lo que pudiera pasar. No obstante, en las profundidades de su alma, algo empezó a molestarlo, como si hubiera olvidado algo importante.

Largo rato después, el niño se detuvo y sacudió el brazo de Elías.

—¡Llegamos! —dijo.

Él abrió los ojos. El fuego del cielo no había descendido, y las murallas destruidas de Akbar lo rodeaban.

MIRÓ AL CHICO, que ahora apretaba su mano como si temiera que él pudiese escapar. ¿Lo amaba? No tenía idea. Pero estas reflexiones podían ser dejadas para más tarde; ahora tenía una tarea que cumplir. La primera en muchos años que no le había sido impuesta por Dios.

Desde donde estaban podían sentir el olor a quemado. Aves de rapiña volaban en círculo en el cielo, esperando el momento adecuado para devorar los cadáveres de los centinelas que se pudrían al sol. Elías se acercó a uno de los soldados muertos y cogió la espada de su cinto. En la confusión de la noche anterior, los asirios habían olvidado recoger las armas que estaban fuera de la ciudad.

—¿Para qué quieres esto? —preguntó el niño.

—Para defenderme.

—Los asirios ya no están.

—Aun así, es conveniente llevarla. Tenemos que estar preparados.

Su voz temblaba. Era imposible saber lo que sucedería a partir de ahora, cuando cruzaran la muralla semidestruida, pero estaba listo para matar a quien intentase humillarlo.

—Fui destruido como esta ciudad —le dijo al niño—. Pero también, como esta ciudad, aún no he completado mi misión...

El chico sonrió.

—Hablas como antes —dijo.

—No te dejes engañar por las palabras. Antes yo tenía el objetivo de expulsar a Jezabel del trono y devolver Israel al Señor, pero ahora que Él nos olvidó, nosotros también debemos olvidarlo. Mi misión es hacer lo que tú me pides.

El niño lo miró desconfiado.

—Sin Dios, mi madre no retornará de los muertos.

Elías le acarició la cabeza.

—Fue sólo el cuerpo de tu madre el que partió. Ella continúa entre nosotros y, como nos dijo, *es* Akbar. Tenemos que ayudarla a recuperar su belleza.

LA CIUDAD ESTABA casi desierta. Ancianos, mujeres y niños caminaban por las calles, repitiendo la escena que viera la noche de la invasión. Parecían no saber exactamente cuál era la próxima decisión a tomar.

Cada vez que se cruzaban con alguien, el niño notaba que Elías apretaba con fuerza el puño de la espada. Pero las personas mostraban indiferencia: la mayoría reconocía al profeta de Israel, algunos lo saludaban con la cabeza, y nadie le dirigía una palabra, ni siquiera de odio.

«Han perdido hasta el sentimiento de rabia», pensó, mirando a lo alto de la Quinta Montaña, cuya cumbre continuaba cubierta por sus nubes eternas. Entonces recordó las palabras del Señor:

> Lanzaré vuestros cadáveres sobre los cadáveres de vuestros dioses; mi alma se hastiará de vosotros. Vuestra tierra será asolada, y vuestras ciudades quedarán desiertas. En cuanto a los que de vosotros quedaren, os pondré en el corazón tal ansiedad que el ruido de una hoja movida os perseguirá. Y caeréis sin que nadie os persiga.

«He aquí Tu obra, Señor: cumpliste con Tu palabra, y los muertos-vivos continúan paseando sobre la Tierra. Y Akbar es la ciudad escogida para albergarlos.»

Los dos fueron hasta la plaza principal, se sentaron sobre algunos escombros y miraron a su alrededor. La destrucción parecía más dura e implacable de lo que él había pensado; el techo de la mayoría de las casas se había desplomado, y la suciedad y los insectos estaban invadiendo todo.

—Es preciso remover a los muertos —dijo él— o la peste entrará en la ciudad por su puerta principal.

El niño mantenía los ojos bajos.

—¡Levanta la cabeza! —le dijo Elías—. Tenemos que trabajar mucho para que tu madre se ponga contenta.

Pero el chico no obedeció; comenzaba a comprender que, en algún lugar de aquellas ruinas, estaba el cuerpo que un día lo trajo a la vida, y que este cuerpo estaba en un estado parecido a todos los otros que se esparcían a su alrededor.

Elías no insistió. Se levantó, cargó un cadáver en sus hombros y lo llevó al centro de la plaza. No conseguía recordar las recomendaciones del Señor sobre el entierro de los muertos, pero necesitaba impedir que la peste llegase, y la única salida era incinerarlos.

Trabajó durante toda la mañana. El niño no salió del lugar, y no levantó la vista ni por un instante, pero cumplió lo que le había prometido a su madre: ninguna lágrima cayó sobre el suelo de Akbar.

Una mujer se detuvo y permaneció algún tiempo contemplando su actividad.

—El hombre que resolvía los problemas de los vivos, ahora arregla los cuerpos de los muertos —comentó.

—¿Dónde están los hombres de Akbar? —preguntó Elías.

—Se fueron, y además se llevaron con ellos lo poco que había sobrado. Ya no existe nada por lo que valga la pena quedarse. Sólo no han abandonado la ciudad los incapaces de hacerlo: los viejos, las viudas, los huérfanos.

—Pero ellos llevaban aquí varias generaciones. No se puede desistir tan fácilmente.

—Intenta explicar eso a alguien que perdió todo.

—¡Ayúdame! —dijo Elías, cargando otro cuerpo sobre los hombros y colocándolo en la pila—. Vamos a incinerarlos para que el dios de la peste no nos venga a visitar. Le horroriza el olor a carne quemada.

—Que venga el dios de la peste —dijo la mujer— y que nos lleve a todos lo más deprisa posible.

Elías continuó su trabajo. La mujer se sentó al lado del niño y se quedó mirando lo que hacía. Algún tiempo después volvió a aproximarse.

—¿Por qué deseas salvar una ciudad condenada?

—Si me detengo a reflexionar, me sentiré incapaz de hacer lo que quiero —respondió él.

El viejo pastor tenía razón: su única salida era olvidar su pasado de inseguridades y crear una nueva historia para sí mismo. El antiguo profeta había muerto junto con una mujer, en las llamas de su casa; ahora era un hombre sin fe en Dios, y con muchas dudas. Pero continuaba vivo, incluso después de desafiar las maldiciones divinas. Si quería continuar su camino, tenía que cumplir lo que se proponía.

La mujer escogió el cuerpo más leve y lo arrastró por los pies hasta la pila que Elías había comenzado.

—No es por miedo al dios de la peste —dijo ella— ni por Akbar, ya que los asirios retornarán pronto. Es por el chico sentado allí, con la cabeza baja: él necesita entender que aún tiene una vida por delante.

—¡Gracias! —dijo Elías.

—No me agradezcas. En algún lugar de estas ruinas encontraremos el cuerpo de mi hijo. Tenía más o menos la misma edad que ese chico.

Ella se cubrió el rostro con las manos y lloró copiosamente. Elías la cogió delicadamente por el brazo.

—El dolor que tú y yo sentimos no acabará nunca, pero el trabajo nos ayudará a soportarlo. El sufrimiento no tiene fuerzas para herir a un cuerpo cansado.

Pasaron el día entero dedicados a la macabra tarea de recoger y apilar muertos. La mayor parte eran jóvenes a los que los asirios habían identificado como integrantes del ejército de Akbar. Más de una vez reconoció a algún amigo y lloró, pero no interrumpió su tarea.

AL ATARDECER ESTABAN exhaustos. Aun así, el trabajo realizado distaba mucho de ser suficiente; y ningún otro habitante de Akbar les había ayudado.

Los dos volvieron junto al niño. Por primera vez, él levantó la cabeza.

—¡Tengo hambre! —dijo.

—Voy a buscar algo —respondió la mujer—. Hay bastante comida escondida en varias casas de Akbar, porque la gente se había preparado para un sitio prolongado.

—Trae comida para mí y para ti, porque cuidamos de la ciudad con el sudor de nuestra frente —dijo Elías—. Pero si este niño quiere comer, tendrá que cuidar de sí mismo.

La mujer lo comprendió. Habría actuado del mismo modo con su propio hijo. Fue hasta el lugar donde antes había estado su casa; casi todo había sido revuelto por los saqueadores en busca de objetos de valor, y su colección de jarros, creada por grandes maestros vidrieros de Akbar, yacía hecha pedazos por el suelo. Pero encontró la harina y las frutas secas que había almacenado.

Regresó a la plaza y dividió parte de la comida con Elías. El niño no dijo nada.

Un anciano se aproximó.

—He visto que habéis pasado el día entero recogiendo cuerpos —dijo—. Estáis perdiendo el tiempo. ¿No sabéis que los asirios volverán después de haber conquistado Tiro y Sidón? Es mejor que venga el dios de la peste a habitar aquí, para destruirlos.

—No hacemos esto por ellos ni por nosotros —respondió Elías—. Ella trabaja para demostrar a un niño que aún existe un futuro y yo para demostrar que ya no existe el pasado.

—El profeta ya no constituye una amenaza para la gran princesa de Tiro. ¿Qué sorpresa! Jezabel gobernará Israel hasta el fin de sus días y siempre tendremos un lugar hacia donde huir si los asirios no fueran generosos con los vencidos.

Elías no dijo nada. El nombre que antes le suscitaba tanto odio ahora le sonaba extrañamente distante.

—Akbar será reconstruida, de cualquier manera —insistió el anciano—. Son los dioses que escogen los lugares donde se levantan las ciudades, y no la abandonarán. Pero podemos dejar ese trabajo para las generaciones futuras.

—Podemos. Pero no lo haremos.

Y Elías dio las espaldas al viejo, clausurando la conversación.

Los tres durmieron a la intemperie. La mujer abrazó al niño y notó que su barriga roncaba de hambre. Pensó en darle un poco de comida, pero pronto cambió de idea; el cansancio físico realmente disminuía el dolor y aquel niño, que parecía estar sufriendo mucho, necesitaba ocuparse con algo. Quizás el hambre le impulsara a trabajar.

AL DÍA SIGUIENTE, ELÍAS Y la mujer reanudaron la tarea. El anciano que se había acercado la noche anterior, volvió a buscarlos.

—No tengo nada que hacer y podría ayudaros —dijo—. Pero no tengo fuerzas para cargar cuerpos.

—Entonces junta las maderas pequeñas y los ladrillos. Barre las cenizas.

El viejo comenzó a hacer lo que le pedían.

CUANDO EL SOL alcanzó el medio del cielo, Elías se sentó en el suelo, exhausto. Sabía que su ángel estaba a su lado, pero ya no podía escucharlo.

«¿De qué sirve? Fuc incapaz de ayudarme cuando lo necesité, y ahora no quiero sus consejos; todo lo que tengo que hacer es dejar esta ciudad en orden, mostrar a Dios que puedo ser capaz de enfrentarlo y después partir hacia donde se me ocurra.»

Jerusalén no estaba lejos; apenas siete días de camino, sin lugares demasiado difíciles de atravesar, pero allí era buscado como traidor. Quizás fuera mejor ir a Damasco, o conseguir un empleo como escriba en alguna ciudad griega.

Sintió que alguien lo tocaba. Se dio vuelta y vio al niño con un pequeño jarro.

—Lo encontré en una de las casas —dijo el chico ofreciéndoselo.

Estaba lleno de agua. Elías bebió hasta el final.

—Come algo —dijo—. Estás trabajando, y mereces tu recompensa.

Por primera vez desde la noche de la invasión, una sonrisa apareció en los labios del chico, que salió corriendo hacia el lugar donde la mujer había dejado las frutas y la harina.

Él volvió al trabajo. Entraba en las casas destruidas, apartaba los escombros, cogía los cuerpos y los llevaba a la pila en el centro de la plaza. El vendaje que el pastor había hecho en su brazo se había caído, pero no tenía importancia; necesitaba demostrarse a sí mismo que era lo bastante fuerte para recuperar su dignidad.

El anciano (que ahora juntaba la basura desparramada por la plaza) tenía razón; pronto los enemigos estarían de vuelta, recogiendo los frutos de lo que no habían plantado. Elías estaba ahorrando trabajo a los asesinos de la única mujer que había amado en toda su vida, puesto que los asirios eran supersticiosos y reconstruirían Akbar de cualquier manera. Según las creencias, los dioses habían distribuido las ciudades de manera organizada, en armonía con los valles, los animales, los ríos y los mares. En cada una de ellas conservaron un espacio sagrado para descansar durante sus largos viajes por el mundo. Cuando una ciudad era destruida, había siempre un gran riesgo de que los cielos cayesen sobre la Tierra.

Contaba la leyenda que el fundador de Akbar había pasado por allí, centenares de años atrás, proveniente del norte. Decidió dormir en el lugar y, para marcar el sitio donde había dejado sus cosas, clavó un palo en el suelo. Al día siguiente, no consiguió arrancarlo y entendió la voluntad del Universo; marcó con una piedra el punto donde el milagro había sucedido y descubrió una naciente de agua cerca de allí. Poco a poco, algunas tribus se fueron instalando en torno a la piedra y al pozo; Akbar había nacido.

El gobernador le había explicado cierta vez que, según la tradición fenicia, toda ciudad era un *tercer punto*, el elemento de unión entre la voluntad del Cielo y la voluntad de la Tierra. El Universo hacía que la simiente se transformase en planta, el suelo permitía que la planta se desarrollara, el hombre la cogía y la llevaba a la ciudad, donde consagraban las ofrendas a los dioses que después eran dejadas en las montañas sagradas... Aun sin haber viajado mucho, Elías sabía que esta visión era compartida por muchas naciones del mundo.

Los asirios tenían miedo de dejar a los dioses de la Quinta Montaña sin alimento; no deseaban acabar con el equilibrio del Universo.

«¿Por qué pienso todo esto, si ésta es una lucha entre mi voluntad y la de mi Señor, que me abandonó en medio de las tribulaciones?».

Volvió a sentir la misma sensación que había tenido el día anterior, cuando desafiaba a Dios: se estaba olvidando de algo muy importante, y no conseguía recordar el qué, incluso forzando su memoria.

Un nuevo día pasó, y ya habían recogido la mayor parte de los cuerpos cuando se aproximó otra mujer.

—No tengo qué comer —dijo.

—Ni nosotros —respondió Elías—. Ayer y hoy hemos dividido entre tres lo que había sido guardado para uno. Busca en donde puedes conseguir alimento y si encuentras, avísame.

—¿Cómo voy a encontrarlo?

—Pregunta a los niños. Ellos lo saben todo.

Desde que le había ofrecido el agua, el niño parecía recobrar un poco de gusto por la vida. Elías le mandó ayudar al viejo en la recogida de basura y destrozos, pero no había conseguido mantenerlo trabajando por mucho tiempo; ahora jugaba con los otros chicos, en una esquina de la plaza.

«Mejor así. Ya le tocará sudar cuando sea adulto.» Pero no se arrepentía de haberle hecho pasar hambre una noche entera, bajo el pretexto de que necesitaba trabajar. Si lo hubiera tratado como a un pobre huérfano, víctima de la maldad de guerreros asesinos, jamás habría salido de la depresión en que estaba sumido cuando entraron en la ciudad. Ahora tenía la intención de dejarlo algunos días solo, encontrando sus propias respuestas para lo que había sucedido.

—¿Cómo es que los niños pueden saber algo? —insistió la mujer que pedía alimento.

—Compruébalo tú misma.

La mujer y el anciano que ayudaban a Elías la vieron conversar con los niños que jugaban en la calle. Ellos le dijeron algo, después de lo cual ella sonrió y desapareció por una esquina de la plaza.

—¿Cómo descubriste que los niños sabrían? —preguntó el viejo.

—Porque ya fui niño un día, y sé que la infancia olvida el pasado —dijo, acordándose otra vez de la conversación con el pastor—. Ellos se quedaron horrorizados la noche de la invasión, pero ya no se preocupan más por esto; la ciudad se ha transformado en un inmenso parque donde pueden entrar y salir de cualquier sitio sin ser molestados, y es lógico que terminen descubriendo la comida que los habitantes almacenaron para resistir el cerco de Akbar.

Un niño siempre puede enseñar tres cosas a un adulto: a ponerse contento sin motivo, a estar siempre ocupado con algo y a saber exigir con todas sus fuerzas aquello que desea. Fue por causa de este muchacho que yo regresé a Akbar.

AQUELLA TARDE, ALGUNOS viejos y mujeres se incorporaron a la tarea de recoger a los muertos. Los niños alejaban a las aves de rapiña y traían pedazos de madera y tejido. Cuando cayó la noche, Elías prendió fuego a la inmensa pila de cuerpos. Los supervivientes de Akbar contemplaron en silencio la humareda que subía hacia el cielo.

Cuando terminó su tarea, se desmayó de cansancio. Antes de dormir, sin embargo, reapareció la sensación que había tenido por la mañana de que algo muy importante luchaba desesperadamente por regresar a su memoria. No era nada que hubiera aprendido durante el tiempo que vivió en Akbar, sino una historia antigua, que parecía dar sentido a todo lo que estaba sucediendo.

DURANTE AQUELLA NOCHE, UN HOMBRE entró en la tienda de Jacob, y luchó con él hasta el amanecer. Viendo que no podía vencerlo, le dijo: «Déjame ir.» Respondió Jacob: «No te dejaré ir si no me bendices.»

Entonces el hombre le dijo: «Como príncipe, luchaste contra Dios, ¿cómo te llamas?»

Jacob dijo su nombre, y el hombre respondió: «De ahora en adelante, te llamarás Israel.»

ELÍAS SE LEVANTÓ DE UN salto y miró el firmamento. ¡Era ésta la historia que faltaba!

Mucho tiempo atrás, el patriarca Jacob había acampado durante la noche. Alguien entró en su tienda y luchó con él hasta el nacimiento del sol. Jacob aceptó el combate aun sabiendo que su adversario era el Señor. Al amanecer, aún no había sido vencido; y sólo detuvo el combate cuando Dios aceptó bendecirlo.

Esa historia había sido transmitida de generación en generación para que nadie jamás olvidara que a veces *era necesario luchar contra Dios.* Todo ser humano, en algún momento, veía una tragedia cruzar por su vida; podía ser la destrucción de una ciudad, la muerte de un hijo, una acusación sin pruebas, una enfermedad que los dejaba inválidos para siempre. En ese momento, Dios lo desafiaba a enfrentarlo y a responder a Su pregunta: «¿Por qué te aferras tanto a una existencia tan corta y tan llena de sufrimiento? ¿Cuál es el sentido de tu lucha?»

Entonces, el hombre que no sabía responder a esta pregunta se conformaba. Mientras que el otro, que buscaba un sentido para la existencia, consideraba que Dios había sido injusto, y decidía desafiar su propio destino. Era en este momento que otro fuego de los cielos descendía: no aquel que mata, sino el que destruye las antiguas murallas y da a cada ser humano sus verdaderas posibilidades. Los cobardes nunca dejan que su corazón sea incendiado por ese fuego; todo lo que desean es que la nueva situación vuelva rápidamente a ser lo que era antes, para poder continuar viviendo y pensando de la manera a la que estaban habituados.

Los valientes, en cambio, prenden fuego a lo que era viejo y, aunque a costa de un gran sufrimiento interior, abandonan todo y siguen adelante.

«Los valientes siempre son obstinados.»

Desde el cielo, el Señor sonríe de contento, porque era esto lo que Él quería, que cada uno tuviese en sus manos la responsabilidad de su propia vida. Al fin y al cabo, había dado a sus hijos el mayor de todos los dones: la capacidad de escoger y decidir sus actos.

Sólo los hombres y mujeres con la sagrada llama en el corazón tenían el valor de enfrentarlo. Y sólo éstos conocían el camino de vuelta hasta Su amor, pues entendían finalmente que la tragedia no era un castigo, sino un desafío.

Elías revivió cada uno de sus pasos.

Desde que dejó la carpintería, había aceptado su misión sin discutir. Aunque ésta fuera verdadera (y él consideraba que lo era), jamás tuvo oportunidad de ver lo que sucedía en los caminos que se había negado a recorrer, porque tenía miedo a perder su fe, su dedicación, su voluntad. Consideraba que era muy arriesgado probar el camino de las personas comunes; podía terminar acostumbrándose, y hasta gustándole. No entendía que también él era una persona igual a todas las otras, aunque escuchase ángeles y recibiese de vez en cuando órdenes de Dios. Estaba tan convencido de saber lo que quería, que se había comportado igual que aquellos que nunca habían tomado una decisión importante en su vida.

Había huido de la duda. De la derrota. De los momentos de indecisión. Pero el Señor era generoso y le había conducido hasta el abismo de lo inevitable, para mostrarle que el hombre precisa *escoger* y no *aceptar* su destino.

Hace muchos, muchísimos años, una noche igual que ésta, Jacob no dejó que Dios partiese sin bendecirlo. Fue cuando el Señor le preguntó: «¿Cómo te llamas?»

Ésta era la cuestión: tener un nombre. Cuando Jacob respondió, Dios le bautizó con el nombre de *Israel.* Cada uno tiene un nombre de cuna, pero tiene que aprender a bautizar su vida con la palabra que eligió para darle un sentido.

Ella había dicho: «Yo soy *Akbar.*»

Había sido necesaria la destrucción de la ciudad y la pérdida de la mujer amada para que Elías entendiese que necesitaba un nombre. Y en aquel mismo instante decidió llamar a su vida *Liberación.*

Se levantó y contempló la plaza frente a él: la humareda subía aún desde las cenizas de los que perdieron sus vidas. Al prender fuego a aquellos cuerpos había desafiado una costumbre muy antigua de su país, que exigía que las personas fueran enterradas según los ritos. Había luchado contra Dios y la tradición al decidirse por la incineración, pero sentía que no existía pecado cuando era preciso una nueva solución para un problema nuevo. Dios era infinito en su misericordia e implacable en su rigor con aquellos que no tienen el valor de atreverse.

Volvió a mirar la plaza: algunos de los supervivientes aún no habían dormido y mantenían los ojos fijos en las llamas, como si aquel fuego estuviera también consumiendo sus recuerdos, su pasado, los doscientos años de paz e inercia de Akbar. El tiempo del miedo y de la espera había terminado; ahora quedaba apenas la reconstrucción o la derrota.

Como Elías, ellos también podían escoger un nombre para sí mismos. *Reconciliar, Sabiduría, Amante, Peregrino*, eran tantas las posibilidades como el número de estrellas en el cielo, pero cada uno tenía que dar un nombre a su vida.

Elías se levantó y rezó:

«Luché contra Ti, Señor, y no me avergüenzo. Y por eso descubrí que estoy en mi camino porque así lo deseo, y no porque me fuera impuesto por mis padres, por las tradiciones de mi tierra o por Ti mismo.

»A Ti, Señor, me gustaría retornar en este instante. Quiero alabarte con la fuerza de mi voluntad, y no con la cobardía de quien no sabe escoger un camino diferente. Mientras tanto, para que me confíes Tu importante misión, tengo que continuar esta batalla contra Ti, hasta que me bendigas.»

Reconstruir Akbar. Lo que Elías juzgaba ser un desafío a Dios era, en verdad, su reencuentro con Él.

La mujer que había preguntado sobre la comida volvió a aparecer a la mañana siguiente. Venía acompañada de otras mujeres.

—Descubrimos varios depósitos —dijo—. Como mucha gente murió y muchos huyeron con el gobernador, tenemos alimentos para vivir durante un año.

—Busca personas más viejas para supervisar la distribución de alimentos —dijo él—. Ellas tienen experiencia de organización.

—Los viejos no tienen ganas de vivir.

—Pídeles que vengan, de cualquier manera.

La mujer se preparaba para irse cuando Elías la interrumpió:

—¿Sabes escribir usando letras?

—No.

—Yo aprendí y puedo enseñarte. Lo necesitarás para ayudarme a administrar la ciudad.

—Pero los asirios volverán.

—Cuando lleguen, necesitarán nuestra ayuda para administrar la ciudad.

—¿Por qué hacer esto por el enemigo?

—Hago esto para que cada uno pueda dar un nombre a su vida. El enemigo es apenas un pretexto para probar nuestra fuerza.

Los viejos acudieron, tal como él había previsto.

—Akbar necesita vuestra ayuda —les dijo Elías—. Y, ante eso, no os podéis dar el lujo de ser viejos; necesitamos la juventud que perdisteis.

—No sabemos dónde encontrarla —respondió uno de ellos—. Desapareció detrás de nuestras arrugas y nuestras desilusiones.

—No es verdad. Vosotros nunca tuvisteis ilusiones, y esto fue lo que hizo que vuestra juventud se escondiese. Ahora es el momento de buscarla, ya que tenemos un sueño en común: reconstruir Akbar.

—¿Cómo podemos hacer algo imposible?

—Con entusiasmo.

Los ojos escondidos por la tristeza y el desánimo querían brillar de nuevo. Ya no eran más los inútiles habitantes que iban a asistir a los juicios en busca de un tema para conversar al final de la tarde; ahora tenían una importante misión por delante, eran necesarios.

Los más resistentes separaron el material aún aprovechable de las casas que habían sido muy damnificadas, y lo utilizaron para recuperar las que aún continuaban en pie. Los más ancianos ayudaron a esparcir por los campos la ceniza de los cuerpos que habían sido incinerados, para que los muertos de la ciudad pudieran ser recordados en la próxima cosecha; otros se ocuparon de clasificar los granos almacenados desordenadamente por toda la ciudad, hacer el pan y sacar agua del pozo.

Dos noches después, Elías reunió a todos los habitantes en la plaza, ahora ya limpia de la mayor parte de los destrozos. Se encendieron algunas antorchas, y él comenzó a hablar:

—No tenemos elección —dijo—. Podemos dejar que el extranjero haga este trabajo; pero esto significa también que renunciamos a la única oportunidad que una tragedia nos ofrece: la de reconstruir nuestra vida.

Las cenizas de los muertos que incineramos algunos días atrás, se transformarán en plantas que volverán a nacer en la primavera. El hijo que se perdió la noche de la invasión, se ha transformado en los numerosos chiquillos que corren libres por las calles destruidas y se divierten invadiendo lugares prohibidos y casas que nunca conocieron. Hasta ahora, sólo los niños han sido capaces de superar lo sucedido, porque no tienen un pasado; todo lo que cuenta para ellos es el momento presente. Procuraremos, entonces, actuar como ellos.

—¿Puede un hombre borrar del corazón el dolor de una pérdida? —preguntó una mujer.

—No. Pero puede alegrarse con una ganancia.

Elías se dio vuelta y señaló la cima de la Quinta Montaña, siempre cubierta de nubes. La destrucción de las murallas había hecho que se tornase visible desde el centro de la plaza.

—Yo creo en un Señor único, pero vosotros pensáis que los dioses habitan en aquellas nubes, en lo alto de la Quinta Montaña. No quiero ahora discutir si mi Dios es más fuerte o más poderoso; no quiero hablar de nuestras diferencias, sino de nuestras semejanzas. La tragedia nos llevó a un sentimiento común: la desesperación. ¿Por qué sucedió esto? Porque creíamos que todo ya estaba respondido y resuelto en nuestras almas, y no podíamos aceptar ningún cambio.

»Tanto vosotros como yo pertenecemos a naciones comerciantes, pero también sabemos comportarnos como guerreros —continuó él—. Y un guerrero es siempre consciente de aquello por lo que vale la pena luchar. No entra en combates que no le interesan, y nunca pierde su tiempo en provocaciones.

»Un guerrero acepta la derrota. No la trata como algo indiferente, ni intenta transformarla en victoria. Se amarga con el dolor de la pérdida, sufre con la indiferencia y se desespera con la soledad. Pero después de que pasa todo esto, lame sus heridas y recomienza todo otra vez. Un guerrero sabe que una guerra está compuesta por muchas batallas. Y sigue adelante.

»Las tragedias ocurren. Podemos descubrir la razón, culpar a los otros, o imaginar qué diferentes habrían sido nuestras vidas sin ellas. Pero nada de esto tiene importancia: ya pasaron, y listo. A partir de ahí tenemos que olvidar el miedo que nos provocan e iniciar la reconstrucción.

»Cada uno de vosotros os pondréis un nuevo nombre a partir de ahora. Éste será el nombre sagrado, que sintetice en una palabra todo aquello por lo que soñasteis luchar. Para mí escogí el nombre de *Liberación.*

La plaza permaneció en silencio por algún tiempo. Entonces, la mujer que había sido la primera en ayudar a Elías se levantó y dijo:

—Mi nombre es *Reencuentro.*

—Mi nombre es *Sabiduría* —dijo un viejo.

El hijo de la viuda que Elías tanto había amado, gritó:

—¡Mi nombre es *Alfabeto*!

Las personas que estaban en la plaza estallaron en risas. El chico, avergonzado, se volvió a sentar.

—¿Cómo puede alguien llamarse *Alfabeto*? —preguntó otro niño.

Elías podía haber intervenido, pero convenía que el chico aprendiera a defenderse solo.

—Porque era esto lo que mi madre hacía —dijo el muchacho—. Siempre que vea las letras dibujadas me acordaré de ella.

Esta vez nadie se rió. Uno a uno los huérfanos, viudas y ancianos de Akbar fueron diciendo sus nombres y sus nuevas identidades. Cuando la ceremonia terminó, Elías les pidió que todos se fueran a dormir temprano, porque tenían que reanudar el trabajo a la mañana siguiente.

Cogió al niño de la mano y los dos fueron hasta el lugar de la plaza donde habían extendido algunas telas en forma de tienda.

A partir de aquella noche, comenzó a enseñarle la escritura de Biblos.

Los días se transformaron en semanas, y Akbar iba cambiando su aspecto. El chico aprendió rápidamente a dibujar las letras y ya conseguía crear palabras con sentido; Elías le encargó que escribiera en tablillas de barro la historia de la reconstrucción de la ciudad.

Las placas de barro eran cocidas en un horno improvisado, transformadas en cerámica y archivadas cuidadosamente por una pareja de ancianos. En las reuniones al final de cada tarde, les pedía a los viejos que contasen lo que habían visto en su infancia, y registraba el máximo de historias.

—Guardaremos la memoria de Akbar en un material que el fuego no puede destruir —explicaba—. Algún día nuestros hijos y nietos sabrán que la derrota no fue aceptada y que lo inevitable fue superado. Esto les podrá servir de ejemplo.

Todas las noches, después de las clases que le impartía al muchacho, Elías caminaba por la ciudad desierta, iba hasta el comienzo del ancho camino que conducía hasta Jerusalén, pensaba en partir y desistía.

El trabajo pesado lo obligaba a concentrarse en el momento presente. Sabía que los habitantes de Akbar contaban con él para la reconstrucción; ya los había decepcionado una vez, cuando había sido incapaz de impedir la muerte del espía y evitar la guerra. Pero Dios siempre da una segunda oportunidad a sus hijos, y necesitaba aprovecharla. Además, cada día sentía más afecto por el niño, y procuraba enseñarle no sólo los caracteres de Biblos sino la fe en el Señor y la sabiduría de sus antepasados.

Aun así, no olvidaba que, en su tierra, reinaban una princesa y un dios extranjeros. Ya no había ángeles con espadas de fuego, y era libre para partir cuando quisiera y hacer lo que le pareciese.

Todas las noches pensaba en irse. Y todas las noches elevaba sus manos al cielo y rezaba:

«Jacob luchó durante toda la madrugada, y fue bendecido al amanecer. Yo he luchado contra Ti durante días y durante meses, y Te niegas a escucharme. Si miras a Tu alrededor, no obstante, sabrás que estoy venciendo: Akbar surge de sus ruinas, y vuelvo a reconstruir lo que Tú, usando las espadas de los asirios, transformaste en cenizas y polvo.

»Lucharé contigo hasta que me bendigas, y bendigas los frutos de mi trabajo. Un día tendrás que responderme.»

MUJERES Y NIÑOS cargaban el agua para llevarla al campo y luchaban contra la sequía, que parecía que no iba a acabar nunca. Un día, cuando el sol inclemente brillaba con toda su fuerza, Elías oyó a alguien comentar:

—Trabajamos sin descanso, ya no nos acordamos de los sufrimientos de aquella noche, y olvidamos incluso que los asirios volverán después de saquear Tiro, Sidón, Biblos y el resto de Fenicia. Y esto nos ha hecho bien.

»Entretanto, porque estamos muy concentrados en la reconstrucción de la ciudad, parece que todo continúa igual; no vemos el resultado de nuestro esfuerzo.

Elías reflexionó algún tiempo sobre el comentario. Y decidió exigir que, cada tarde, al finalizar la jornada de trabajo, todos se reuniesen al pie de la Quinta Montaña para contemplar juntos la puesta de sol.

Generalmente estaban tan cansados que casi no intercambiaban palabra, pero descubrieron lo importante que era dejar vagar el pensamiento sin rumbo, como las nubes del cielo. De esta forma, la ansiedad desaparecía del corazón de todos, y conseguían recuperar la inspiración y la fuerza para el día siguiente.

Elías se despertó diciendo que no iba a trabajar.

—Hoy, en mi tierra, conmemoran el Día del Perdón.

—No hay pecado en tu alma —comentó una mujer—. Tú has hecho todo lo mejor posible.

—Pero hay que mantener la tradición. Y yo la cumpliré.

Las mujeres partieron llevando agua para los campos, los viejos volvieron a su tarea de levantar las paredes y trabajar la madera de las puertas y ventanas. Los niños ayudaban a moldear los pequeños ladrillos de barro que más tarde serían cocidos en el fuego. Elías los contempló con una inmensa alegría en el corazón. Después dejó Akbar y se dirigió al valle.

Caminó sin rumbo, recitando las oraciones que aprendió en su infancia. El sol aún no se había levantado completamente y, desde la posición en que estaba, veía la gigantesca sombra de la Quinta Montaña cubriendo parte del valle. Tuvo un presentimiento horrible: aquella lucha entre el Dios de Israel y el dios de los fenicios aún se prolongaría durante muchas generaciones y muchos milenios.

Recordó que cierta noche él había subido hasta la cumbre de la montaña y había conversado con un ángel; pero desde la destrucción de Akbar nunca más había vuelto a escuchar las voces procedentes del cielo.

—Señor, hoy es el Día del Perdón y tengo una larga lista de pecados contigo —dijo volviéndose en dirección a Jerusalén—.

Fui débil, porque olvidé mi propia fuerza. Fui compasivo cuando debía haber sido duro. No escogí, por miedo a tomar decisiones equivocadas. Desistí antes de tiempo, y blasfemé cuando debía agradecer.

»Sin embargo, Señor, tengo también una larga lista de Tus pecados para conmigo. Me hiciste sufrir más de la cuenta, llevándote de este mundo a alguien a quien amaba. Destruiste la ciudad que me acogió, confundiste mi búsqueda, Tu dureza casi me hizo olvidar el amor que siento por Ti. Durante todo este tiempo he luchado contigo, y no aceptas la dignidad de mi combate.

»Si comparamos la lista de mis pecados con la lista de Tus pecados, verás que me estás debiendo. Pero, como hoy es el día del Perdón, Tú me perdonas y yo Te perdono, para que podamos seguir caminando juntos.

En ese momento el viento sopló, y él sintió que su ángel le hablaba:

—Hiciste bien, Elías. Dios aceptó tu combate.

Las lágrimas rodaron por sus ojos. Se arrodilló y besó el suelo árido del valle.

—Gracias por haber venido, porque continúo con una duda: ¿no es pecado hacer esto?

Dijo el ángel:

—¿Cuando un guerrero lucha con su instructor, acaso lo está ofendiendo?

—No. Es la única manera de aprender la técnica precisa.

—Entonces continúa hasta que el Señor te llame de vuelta a Israel —dijo el ángel—. Levántate y continúa probando que tu lucha tiene un sentido, porque supiste cruzar la corriente de lo inevitable. Muchos navegan por ella y naufragan; otros son arrastrados hasta lugares que no les estaban destinados. Pero tú enfrentas la travesía con dignidad, supiste controlar el rumbo de tu barco e intentas transformar el dolor en acción.

—Es una lástima que seas ciego —dijo Elías—. Si no verías cómo los huérfanos, viudas y viejos fueron capaces de reconstruir una ciudad. En breve todo volverá a ser como antes.

—Espero que no —dijo el ángel—. Al fin y al cabo, pagaron un precio muy alto para que sus vidas cambiaran.

Elías sonrió. El ángel tenía razón.

—Espero que te comportes como los hombres que están ante una segunda oportunidad: no cometas el mismo error dos veces. Nunca te olvides de la razón de tu vida.

—No me olvidaré —respondió él, contento porque el ángel había vuelto.

LAS CARAVANAS YA NO PASABAN por el valle; los asirios debían de haber destruido los caminos y cambiado las rutas comerciales. Todos los días algunos niños subían a la única torre de la muralla que había escapado a la destrucción; estaban encargados de vigilar el horizonte y avisar de la vuelta de los guerreros enemigos. Elías pensaba recibirlos con dignidad y entregarles el mando.

Entonces podría partir.

Pero cada día que pasaba, sentía más que Akbar formaba parte de su vida. Quizás su misión no fuese expulsar a Jezabel del trono, sino estar allí con aquella gente el resto de su vida, cumpliendo el humilde papel de siervo del conquistador asirio. Ayudaría a restablecer las rutas comerciales aprendería la lengua del enemigo y, en su tiempo de descanso, podría cuidar la biblioteca, que estaba cada vez más completa.

Lo que, una noche cualquiera, perdida ya en el tiempo, había parecido el fin de una ciudad, significaba ahora la posibilidad de hacerla más bella. Los trabajos de reconstrucción incluían la ampliación de las calles, la colocación de techos más resistentes y un ingenioso sistema de llevar el agua del pozo hasta los lugares más distantes. También su alma se estaba renovando; cada día aprendía algo nuevo con los ancianos, los niños y las mujeres. Aquel grupo, que no había abandonado Akbar por la absoluta imposibilidad de hacerlo, constituía ahora un equipo disciplinado y competente.

«Si el gobernador hubiese sabido que eran tan capaces de

ayudar, habría creado otro tipo de defensa y Akbar no habría sido destruida.»

Elías pensó un poco y vio que estaba equivocado. La destrucción de Akbar era necesaria para que las fuerzas que dormían dentro de todos ellos pudieran despertar.

PASARON LOS MESES Y LOS asirios no daban señales de vida. Akbar ahora estaba casi reconstruida, y Elías podía pensar en el futuro; las mujeres ahora recuperaban los pedazos de tejidos y hacían nuevas ropas con ellos. Los ancianos reorganizaban las viviendas y cuidaban la higiene de la ciudad. Los niños ayudaban cuando se les pedía, pero generalmente pasaban el día jugando, pues ésta es la principal obligación de la infancia.

Él vivía con el muchacho en una pequeña casa de piedra, reconstruida en el terreno de lo que otrora fuera un depósito de mercancías. Todas las noches los habitantes de Akbar se sentaban en torno a una hoguera, en la plaza principal, y contaban historias que habían escuchado a lo largo de su vida; junto con el niño, él anotaba todo en las tablillas, que cocían al día siguiente. Así, la biblioteca crecía a ojos vistas.

La mujer que había perdido a su hijo también aprendía los caracteres de Biblos. Cuando vio que ya sabía crear palabras y frases se encargó de enseñar el alfabeto al resto de la población. De esta forma, cuando los asirios volviesen, ellos podrían ser utilizados como intérpretes o profesores.

—Era justamente esto lo que el sacerdote quería evitar —dijo cierta tarde un viejo que se había llamado a sí mismo *Océano*, pues deseaba tener una alma grande como el mar—: que la escritura de Biblos sobreviviese y amenazase a los dioses de la Quinta Montaña.

—¿Quién puede evitar lo inevitable? —respondió él.

Las personas trabajaban de día, asistían a la puesta de sol juntas y contaban historias por la noche.

Elías estaba orgulloso de su obra, y se apasionaba cada día más por ella.

UNO DE LOS chiquillos encargados de la vigilancia bajó corriendo.

—¡Vi polvareda en el horizonte! —dijo excitado—. ¡El enemigo vuelve!

Elías subió a la torre y confirmó la información. Calculó que debían de llegar a las puertas de Akbar al día siguiente.

Aquella tarde avisó a los habitantes que no deberían asistir a la puesta de sol, sino reunirse en la plaza. Cuando el trabajo del día terminó, él encontró al grupo reunido y notó que tenían miedo.

—Hoy no contaremos historias sobre el pasado ni hablaremos de los planes futuros de Akbar —dijo él—. Vamos a conversar sobre nosotros mismos.

Nadie dijo una palabra.

—Hace ya algún tiempo, una luna llena brilló en el cielo. Ese día sucedió lo que todos estábamos presintiendo pero no queríamos aceptar: Akbar fue destruida. Cuando el ejército asirio partió, nuestros mejores hombres estaban muertos. Los que habían escapado vieron que no valía la pena quedarse aquí, y decidieron marcharse. Sólo quedaron los viejos, las viudas y los huérfanos, o sea, los inútiles.

»Mirad en torno vuestro; la plaza está más bella que nunca, los edificios son más sólidos, el alimento es compartido y todos estáis aprendiendo la escritura inventada en Biblos. En algún lugar de esta ciudad se halla una colección de tablillas donde escribimos nuestra historia, y las generaciones futuras recordarán lo que hicimos.

»Hoy nosotros sabemos que también los ancianos, los huérfanos y las viudas partieron. Dejaron en su lugar una banda de jóvenes de todas las edades, llenos de entusiasmo, que dieron nombre y sentido a sus vidas.

»En todo momento del proceso de reconstrucción sabíamos que los asirios volverían. Sabíamos que un día les tendríamos que entregar nuestra ciudad y, junto con ella, nuestros esfuerzos, nuestro sudor y nuestra alegría de verla más bella que antes.

La luz de la hoguera iluminó algunas lágrimas que resbalaban por el rostro de algunas personas. Hasta los niños, que solían seguir jugando durante los encuentros nocturnos, estaban escuchando atentamente lo que él decía. Elías continuó:

—Esto no importa. Cumplimos nuestro deber con el Señor, porque aceptamos Su desafío y el honor de Su lucha. Antes de aquella noche, Él insistía con nosotros diciéndonos: *¡camina!* Pero no lo escuchábamos. ¿Por qué?

»Porque cada uno de nosotros ya tenía decidido su propio futuro: yo pensaba expulsar a Jezabel del trono, la mujer que ahora se llama *Reencuentro* quería que su hijo fuera navegante, el hombre que hoy lleva el nombre de *Sabiduría* deseaba simplemente pasar el resto de sus días tomando vino en la plaza. Estábamos habituados al misterio sagrado de la vida, y no le dábamos importancia.

»Entonces el Señor pensó para sí mismo: "¿No quieren caminar? ¡Pues entonces permanecerán parados mucho tiempo!"

»Y sólo entonces entendimos su mensaje. El acero de la espada asiria se llevó a nuestros jóvenes, y la cobardía se llevó a nuestros adultos. Estén donde estén en este momento, aún continúan parados, porque aceptaron la maldición de Dios.

»Nosotros, en cambio, luchamos contra el Señor, así como

también luchamos con las mujeres y hombres que amamos durante la vida, porque es éste un combate que nos bendice, que nos hace crecer. Nosotros aprovechamos la oportunidad de la tragedia y cumplimos con nuestro deber hacia Él, probando que éramos capaces de obedecer la orden de *caminar*. Aun en las peores circunstancias, seguimos adelante.

»Hay momentos en los que Dios exige obediencia. Pero hay momentos en los que desea probar nuestra voluntad y nos desafía a entender Su amor. Nosotros entendimos esa voluntad cuando las murallas de Akbar cayeron por tierra; ellas abrieron nuestro propio horizonte, y dejaron que cada uno de nosotros viese de lo que era capaz. Dejamos de pensar en la vida y resolvimos vivirla.

»Y el resultado fue bueno.

Elías notó que los ojos de las personas volvían a brillar. Habían comprendido.

—Mañana entregaré Akbar sin lucha; estoy libre para partir cuando quiera, porque cumplí lo que el Señor esperaba de mí. No obstante, mi sangre, mi sudor y mi único amor están en el suelo de esta ciudad, y he resuelto quedarme aquí el resto de mis días, para evitar que sea nuevamente destruida. Que cada uno adopte la decisión que quiera, pero nunca os olvidéis de una cosa: todos vosotros sois mucho mejores de lo que pensabais; aprovechasteis la oportunidad que la tragedia os brindó, y no cualquiera es capaz de hacer esto.

Elías se levantó y dio la reunión por terminada. Avisó al niño que volvería tarde, y le mandó que se fuese a dormir sin esperarlo.

Fue hasta el templo, el único lugar que había escapado de la destrucción y que no necesitaron reconstruir, aun cuando los asirios se llevaron las estatuas de los dioses. Con todo respeto tocó la piedra que marcaba el lugar donde, según la tradición, un antecesor había clavado una vara en el suelo y después no había podido retirarla.

Pensó que, en su país, lugares como aquél estaban siendo erigidos por Jezabel y parte de su pueblo se postraba para adorar a Baal y sus divinidades. De nuevo el mismo presentimiento cruzó su alma; la guerra entre el Señor de Israel y el dios de los fenicios duraría mucho tiempo, más allá de lo que su imaginación pudiera alcanzar. Como en una alucinación, vio estrellas que cruzaban el sol esparciendo en ambos países la destrucción y la muerte. Hombres que hablaban lenguas extrañas cabalgaban sobre animales de acero y combatían entre sí en medio de las nubes.

—No es esto lo que debes ver ahora, porque el tiempo aún no llegó —oyó decir a su ángel—. Mira a través de la ventana.

Elías hizo lo que le ordenaba. Afuera la luna llena iluminaba las casas y calles de Akbar y, aunque era tarde, se podían oír las conversaciones y risas de sus habitantes. Incluso ante el regreso de los asirios, aquel pueblo no perdía sus ganas de vivir y se hallaba preparado para enfrentar una nueva etapa en su vida.

Entonces vio un bulto, y supo inmediatamente que era la mujer que tanto había amado, que ahora volvía a caminar orgullosa por su ciudad. Él sonrió y sintió que ella le tocaba el rostro.

—Estoy orgullosa —parecía decir—. Akbar realmente continúa hermosa.

Sintió ganas de llorar, pero se acordó del niño, que jamás había derramado una lágrima por su madre. Contuvo el llanto y recordó las partes más bellas de la historia que habían vivido juntos, desde el encuentro a las puertas de la ciudad hasta el instante en que ella escribió la palabra «amor» en una tablilla de barro. Volvió a ver su vestido, sus cabellos, los rasgos finos de su nariz.

«Tú me dijiste que eras Akbar. Pues por eso te he cuidado,

curé tus heridas y ahora te devuelvo a la vida. Que seas feliz junto a tus nuevos compañeros.

»Y quería decirte una cosa: yo también era Akbar, y no lo sabía.»

Sabía que ella estaba sonriendo.

«Ya hace mucho tiempo que el viento del desierto apagó nuestros pasos sobre la arena. Pero en cada segundo de mi existencia recuerdo lo que sucedió, y tú continúas caminando en mis sueños y en mi realidad. Gracias por haberte cruzado en mi camino.»

Durmió allí mismo, en el templo, sintiendo que la mujer le acariciaba los cabellos.

El jefe de los mercaderes vio un grupo de personas harapientas en mitad del camino. Pensó que eran salteadores, y ordenó a los de su caravana que tomasen las armas.

—¿Quiénes sois vosotros? —preguntó.

—Somos el pueblo de Akbar —respondió un hombre barbudo, de ojos brillantes.

El jefe de la caravana notó que hablaba con acento extranjero.

—Akbar fue destruida. Estamos encargados por los gobiernos de Tiro y Sidón de localizar su pozo, para que las caravanas puedan volver a pasar por este valle. Las comunicaciones con el resto de la tierra no pueden quedar interrumpidas para siempre.

—Akbar aún existe —continuó el hombre—. ¿Dónde están los asirios?

—Todo el mundo lo sabe —rió el jefe de la caravana—. Tornando el suelo de nuestro país más fértil. Y alimentando a nuestros pájaros y animales salvajes desde hace mucho tiempo.

—Pero eran un ejército muy poderoso.

—Ningún ejército es poderoso si se sabe cuándo va a atacar. Akbar mandó avisar que ellos se acercaban, y Tiro y Sidón prepararon una emboscada al final del valle. Quien no murió durante la lucha fue vendido como esclavo para nuestros navegantes.

Las personas andrajosas daban vivas y se abrazaban unas a otras, llorando y riendo al mismo tiempo.

—¿Quiénes sois vosotros? —insistió el mercader—. ¿Quién eres tú? —preguntó señalando al líder.

—Somos los jóvenes guerreros de Akbar —fue la respuesta.

HABÍA COMENZADO LA TERCERA COSECHA, y Elías era el gobernador de Akbar. Hubo mucha resistencia al principio, pues el antiguo gobernador quería volver y ocupar su puesto, porque así lo mandaba la tradición. Los habitantes de la ciudad, no obstante, se negaron a recibirlo, y durante días amenazaron con envenenar el agua del pozo. La autoridad fenicia, finalmente, cedió a sus demandas; al fin y al cabo, Akbar no tenía tanta importancia, aparte del agua que suministraba a los viajeros, y el gobierno de Israel estaba en manos de una princesa de Tiro. Concediendo el puesto de gobernador a un israelita, los gobernantes fenicios podían comenzar a consolidar una alianza comercial más sólida.

La noticia corrió por toda la región, llevada por las caravanas de mercaderes que habían vuelto a circular. Una minoría en Israel consideraba a Elías el peor de los traidores pero, en su debido momento, Jezabel se encargaría de eliminar esta resistencia y la paz volvería a la región. La princesa estaba contenta porque uno de sus peores enemigos se había convertido, finalmente, en su mejor aliado.

VOLVIERON A CIRCULAR rumores de una nueva invasión asiria, por lo que las murallas de Akbar fueron reconstruidas. Se desarrolló un nuevo sistema de defensa, con centinelas y guarniciones espaciados regularmente entre Tiro y Akbar. Así, en el caso de cerco de una de las ciudades, la otra podía desplazar sus ejércitos por tierra y asegurar la entrada de alimentos por el mar.

La región prosperaba a ojos vistas. El nuevo gobernador israelita había desarrollado un riguroso sistema de controles de tasas y de mercaderías basado en la escritura. Los ancianos de Akbar se hacían cargo de todo, utilizaban nuevas técnicas de fiscalización y resolvían pacientemente los problemas que surgían.

Las mujeres dividían su tiempo entre la labranza de los campos y el tejido en los telares. Durante el período de aislamiento, para recuperar el poco tejido que había quedado, se habían visto obligadas a crear nuevos padrones de bordados. Cuando los primeros mercaderes llegaron a la ciudad, quedaron encantados con los diseños e hicieron varios encargos.

Los niños habían aprendido la escritura de Biblos, pues Elías estaba seguro de que les podría ser de utilidad en el futuro.

Como siempre acostumbraba hacer antes de la cosecha, él paseaba por el campo aquella tarde, agradeciendo al Señor las innumerables bendiciones que había recibido durante estos años. Vio a los hombres y mujeres pasar con los cestos cargados de granos, los niños jugando a su alrededor. Les saludó con la mano y fue retribuido.

Con una sonrisa en el rostro se dirigió hacia la piedra donde, tanto tiempo atrás, había recibido una tablilla de barro con la palabra «amor». Solía visitar todos los días aquel lugar para presenciar la puesta de sol y recordar cada instante que habían pasado juntos.

Y VINO LA PALABRA DEL Señor a Elías
el tercer año, diciendo:
«Ve, preséntate ante Ajab
(marido de Jezabel)
porque daré lluvia a la tierra.»

En la piedra donde estaba sentado, Elías vio al mundo sacudirse en torno de él. El cielo se volvió negro por un instante, pero en seguida el sol volvió a brillar.

Vio la luz. Un ángel del Señor estaba frente a él.

—¿Qué ha pasado? —preguntó Elías, asustado—. ¿Dios ha perdonado a Israel?

—No —respondió el ángel—. Él quiere que tú vuelvas para liberar a tu pueblo. Tu lucha con Él está terminada y, en este momento, Él te ha bendecido. Te ha dado permiso para continuar Su trabajo en esta tierra.

Elías estaba aturdido.

—¿Pero ahora, justamente, cuando mi corazón había vuelto a encontrar la paz?

—Recuerda la lección que ya te fue enseñada una vez —dijo el ángel—. Y recuerda las palabras que el Señor dirigió a Moisés:

> «Recuerda el camino por el cual el Señor te guió, para humillarte, para probarte, para saber lo que había en tu corazón.
>
> Para que no suceda que después de haber comido y estar harto, después de haber edificado buenas casas y habitado en ellas, después de haberse multiplicado tu ganado y tu rebaño, eleves tu corazón y te olvides del Señor tu Dios».

Elías se dirigió al ángel:

—¿Y Akbar? —preguntó.

—Puede vivir sin ti, porque dejaste un heredero. Sobrevivirá por mucho tiempo.

Y el ángel del Señor desapareció.

ELÍAS Y EL NIÑO LLEGARON al pie de la Quinta Montaña. La vegetación había crecido entre las piedras de los altares; desde la muerte del sacerdote, nadie aparecía por allí.

—Vamos a subir —dijo.

—Está prohibido.

—Sí, está prohibido. Pero eso no quiere decir que sea peligroso.

Lo cogió de la mano y empezaron a caminar en dirección a la cumbre. De vez en cuando se detenían y contemplaban el valle allí abajo; la ausencia de lluvia había dejado marcas en todo el paisaje y, con excepción de los campos cultivados en torno de Akbar, el resto parecía un desierto tan duro como los de las tierras de Egipto.

—Escuché a mis amigos decir que los asirios volverán —dijo el chico.

—Es posible, pero valió la pena lo que hicimos; fue la manera que Dios escogió para enseñarnos.

—No sé si Él se preocupa mucho por nosotros —dijo el chico—. No necesitaba haber sido tan duro.

—Debe de haber intentado otras maneras, hasta descubrir que no lo escuchábamos. Estábamos demasiado acostumbrados a nuestras vidas, y ya no leíamos Sus palabras.

—¿Dónde están escritas?

—En el mundo que te rodea. Basta prestar atención a lo que sucede en tu vida y descubrirás, en cualquier momento del día, dónde esconde Él Sus palabras y Su voluntad. Procura cumplir lo que te pide; ésta es la única razón de tu estancia en este mundo.

—Si lo descubro, lo escribiré en las tablillas de barro.

—Hazlo si quieres. Pero más importante es que las escribas en tu corazón; allí ellas no podrán ser quemadas ni destruidas, y tú las llevarás dondequiera que vayas.

Continuaron caminando hasta que las nubes estuvieron muy próximas.

—No quiero entrar allí —dijo el niño, señalándolas.

—No te harán daño. Son sólo nubes. Ven conmigo.

Le cogió de la mano y subieron. Poco a poco fueron entrando en la neblina; el niño se abrazó a él y, aunque de vez en cuando Elías procuraba conversar, no decía una palabra. Caminaron por las rocas desnudas de la cumbre.

—¡Volvamos! —pidió el chico.

Elías resolvió no insistir; aquel muchacho ya había atravesado muchas dificultades y miedos en su corta existencia. Hizo lo que le pedía, salieron de la neblina y volvieron a ver el valle allá abajo.

—Un día, busca en la biblioteca de Akbar lo que yo dejé escrito para ti. Se llama *El Manual del guerrero de la Luz.*

—Soy un guerrero de la Luz —respondió el niño.

—¿Recuerdas mi nombre? —preguntó Elías.

—Liberación.

—Siéntate aquí a mi lado —dijo Elías señalando una roca—. No puedo olvidar mi nombre. Tengo que continuar mi tarea, aunque en este momento todo lo que deseo es estar a tu lado. Fue por esto que Akbar fue reconstruida; para enseñarnos que es necesario seguir adelante, no importa lo difícil que pueda parecernos.

—Te vas.

—¿Cómo lo sabes? —preguntó, sorprendido.

—Lo escribí en una tablilla, anoche. Algo me lo dijo: puede haber sido mamá, o un ángel. Pero yo lo sentía en mi corazón.

Elías le acarició la cabeza.

—Has sabido leer la voluntad de Dios —dijo contento—. Entonces no necesito explicarte nada.

—Lo que leí fue la tristeza de tus ojos. No fue difícil. Otros amigos míos también la percibieron.

—Esta tristeza que leísteis en mis ojos es parte de mi historia, pero una parte pequeña, que durará sólo algunos días. Mañana, cuando parta en dirección a Jerusalén, ya no tendrá tanta fuerza como antes y, poco a poco, acabará desapareciendo. Las tristezas no se quedan para siempre, cuando caminamos en dirección a lo que siempre deseamos.

—¿Siempre es preciso partir?

—Siempre es preciso saber cuándo se acaba una etapa de la vida. Si insistes en permanecer en ella más allá del tiempo necesario, pierdes la alegría y el sentido del resto. Y te arriesgas a ser reprendido por Dios.

—El Señor es duro.

—Sólo con los elegidos.

Elías contempló Akbar, allá abajo. Sí, Dios a veces podía ser muy duro, pero nunca más allá de la capacidad de cada uno: el niño no sabía que, allí donde estaban sentados, él había recibido la visita de un ángel del Señor, que le había enseñado cómo traerlo de regreso de entre los muertos.

—¿Sentirás mi ausencia? —preguntó.

—Me has dicho que la tristeza desaparece si seguimos adelante —respondió el niño—. Aún falta mucho para dejar a Akbar tan bella como mi madre merece. Ella pasea por sus calles.

—Vuelve a este lugar cuando me necesites. Y mira en dirección a Jerusalén. Yo estaré allí, procurando dar un sentido a mi nombre, *Liberación*. Nuestros corazones están unidos para siempre.

—¿Fue por eso que me trajiste hasta lo alto de la Quinta Montaña? ¿Para que pudiese ver Israel?

—Para que pudieses ver el valle, la ciudad, las otras montañas, las rocas y las nubes. El Señor acostumbraba mandar a sus profetas subir las montañas para conversar con Él. Yo siempre me pregunté por qué hacía esto, y ahora entiendo la respuesta: cuando estamos en lo alto, somos capaces de ver todo pequeño.

»Nuestras glorias y nuestras tristezas dejan de ser importantes. Aquello que conquistamos o perdemos queda abajo. Desde lo alto de la montaña, tú ves cómo el mundo es grande y los horizontes, anchos.

El niño miró a su alrededor. Desde lo alto de la Quinta Montaña él sentía el olor del mar que bañaba las playas de Tiro. Y escuchaba el viento del desierto que soplaba desde Egipto.

—Voy a gobernar Akbar algún día —le dijo a Elías—. Conozco lo que es grande, pero también conozco cada rincón de la ciudad. Sé lo que es preciso cambiar.

—Entonces cámbialo. No dejes que las cosas se queden paradas.

—¿Dios no podía haber elegido una manera mejor de mostrarnos todo esto? Hubo un momento en que pensé que Él era malo.

Elías guardó silencio. Se acordaba de una conversación mantenida, hacía muchos años, con un profeta levita mientras esperaban que los soldados de Jezabel llegasen para matarlos.

—¿Dios puede ser malo? —insistió el niño.

—Dios es Todopoderoso —respondió Elías—. Él todo lo

puede, nada le está prohibido, porque, si no, existiría alguien más poderoso y más grande que Él para no dejarle hacer ciertas cosas. En este caso, yo preferiría adorar y reverenciar a este alguien más poderoso.

Aguardó algunos instantes para que el chico comprendiese bien el sentido de sus palabras. Después continuó:

—Sin embargo, por causa de su infinito poder, Él escogió hacer solamente el Bien. Si llegamos hasta el final de nuestra historia, veremos que muchas veces el Bien está disfrazado de Mal, pero continúa siendo el Bien, y forma parte del plan que Él creó para la humanidad.

Lo cogió de la mano y retornaron en silencio.

AQUELLA NOCHE, EL niño durmió abrazado a él. Cuando el día comenzó a amanecer, Elías lo separó con mucho cuidado, para no despertarlo.

En seguida se vistió con la única ropa que tenía y salió. Por el camino recogió un trozo de madera que estaba en el suelo y lo usó como cayado. Pensaba no separarse nunca más de él; era el recuerdo de su lucha con Dios, de la destrucción y reconstrucción de Akbar.

Sin mirar hacia atrás, siguió en dirección a Israel.

*C*INCO AÑOS DESPUÉS, ASIRIA VOLVIÓ *a invadir el país, esta vez con un ejército más profesional y generales más competentes. Toda Fenicia cayó bajo el dominio del conquistador extranjero, salvo Tiro y Sarepta, que sus habitantes conocían como Akbar.*

El niño se hizo hombre, gobernó la ciudad y fue considerado un sabio por sus contemporáneos. Murió viejo, rodeado de sus seres queridos, y siempre diciendo que era preciso mantener la ciudad bella y fuerte porque su madre acostumbraba pasear por aquellas calles. A causa del sistema de defensa establecido en conjunto, Tiro y Sarepta sólo fueron ocupadas por el rey asirio Senaquerib en el año 701 a. J.C., casi ciento sesenta años después de los hechos relatados en este libro.

A partir de ahí, sin embargo, las ciudades fenicias nunca más recuperaron su importancia, y pasaron a sufrir una serie de invasiones (los neobabilonios, los persas, los macedonios, los seléucidas) y, finalmente, Roma. Aun así continuaron existiendo hasta nuestros días porque, según las antiguas tradiciones, el Señor nunca escogía por azar los lugares que deseaba ver habitados. Tiro, Sidón y Biblos aún forman parte del Líbano, que aún continúa siendo un campo de batalla. Elías retornó a Israel y reunió a los profetas en el monte Carmelo. Allí les pidió que se dividiesen en dos grupos: aquellos que adoraban a Baal y los que creían en el Señor. Siguiendo las instrucciones del ángel, ofreció un novillo al primer grupo, y pidió que invocasen al cielo de manera que su dios pudiese recibirlo.

Cuenta la Biblia:

«Al mediodía, Elías se burlaba de ellos diciendo: "Clamad en al-

tas voces, porque él es dios; puede ser que esté meditando, o viajando, o durmiendo."

»Y ellos clamaban en altas voces y se herían con cuchillos y lancetas, pero no hubo voz, ni respuesta, ni atención alguna.

»Elías, entonces, cogió a su animal y lo ofreció según las instrucciones del ángel del Señor. En este momento, el fuego del cielo descendió y "consumió el holocausto, la leña, las piedras". Minutos después una lluvia abundante cayó, acabando con cuatro años de sequía.»

A partir de entonces, estalló una guerra civil. Elías mandó ejecutar a los profetas que habían traicionado al Señor, y Jezabel lo buscaba por todas partes para matarlo. Él, no obstante, se refugió en la parte oeste de la Quinta Montaña, que daba para Israel.

Los sirios invadieron el país y mataron al rey Ajab (marido de la princesa de Tiro) con una flecha disparada por casualidad, que entró por un pliegue de su armadura. Jezabel se refugió en su palacio y, después de algunas revueltas populares, con ascenso y caída de varios gobernantes, terminó siendo capturada. Prefirió tirarse por la ventana antes de entregarse a los hombres enviados para prenderla.

Elías se quedó en la montaña hasta el fin de sus días. Cuenta la Biblia que, cierta tarde, cuando conversaba con Eliseo (el profeta que había nombrado como su sucesor), «un carro de fuego, con caballos de fuego, los separó a uno de otro; y Elías subió a los cielos en un remolino».

CASI OCHOCIENTOS AÑOS DESPUÉS, JESÚS invita a Pedro, Santiago y Juan a subir a un monte. Cuenta el evangelista Mateo que «(Jesús) fue transfigurado delante de ellos; su rostro resplandecía como el sol, y sus ropas se tornaron blancas como la luz. Y he aquí que aparecieron Moisés y Elías hablando con él».

Jesús pide a los apóstoles que no cuenten esta visión hasta que el Hijo del hombre resucite de los muertos, pero ellos dicen que esto sólo sucederá cuando Elías retorne.

Mateo (17, 10-13) cuenta el resto de la historia:

«Los discípulos lo interrogaron: "¿Por qué dicen, pues, los escribas, que es necesario que Elías venga primero?"

»Jesús entonces respondió: "En verdad, Elías vendrá y restaurará todas las cosas. Yo os declaro, no obstante, que Elías ya vino, y no lo reconocieron; antes bien, hicieron con él todo cuanto quisieron."

»Y entonces los discípulos entendieron que hablaba de Juan Bautista.»

Fotografía del autor: Xavier González

PAULO COELHO nació en Río de Janeiro en 1947 y es uno de los autores más vendidos e influyentes del mundo. *El Alquimista, Brida, La Quinta Montaña, Once minutos, El Zahir, La bruja de Portobello, Veronika decide morir*, entre otros, han vendido más de 320 millones de ejemplares en todo el mundo.

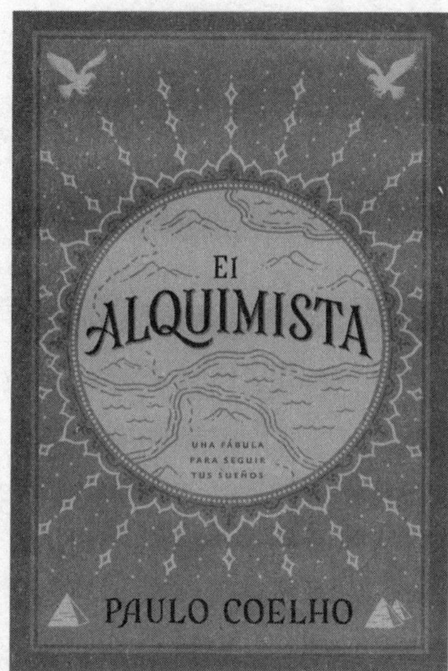

COLECCIÓN

PAULO COELHO

Encuéntrala en tu punto
de venta favorito